MICHEL HATON

Le Sang de la Cathédrale

POLAR

© 2022 Michel Haton
Édition : BoD – Books on Demand,
12/14 rond-point des Champs-Élysées, 75008 Paris
Impression : BoD - Books on Demand,
Norderstedt, Allemagne

Conception couverture et illustrations : © Michel Haton
Contact : michelhaton67@gmail.com

ISBN : 978-2-322408726
Dépôt légal : Avril 2022

1

Comme souvent en été, une chape de plomb stagnait au-dessus de toute l'Alsace. En cette fin juillet, la ville de Strasbourg était une vraie fournaise. Sans aller jusqu'à parler de canicule, une chaleur étouffante stagnait dans les rues, les places et les ruelles de la Grande Île cernée par la rivière Ill.

La Grande Île de Strasbourg est inscrite dans son intégralité au patrimoine mondial de l'UNESCO depuis 1988.

Quelques oiseaux avaient tout de même trouvé l'énergie nécessaire pour gazouiller et virevolter dans l'air pesant. La légère brise parvenait difficilement à apporter une petite fraicheur ; à peine quelques bruissements dans les feuilles des arbres, nombreux dans la ville.

Strasbourg, au début du Ve siècle, portait le nom de Stratéburgo puis Stratisburgo. Attila et ses Huns traversèrent le Rhin et détruisirent la ville en 451. À l'origine, *elle avait été nommée Argentorate puis romanisée en Argentoratum. La racine* argento *(argent, luisant, brillant) vient de la pureté de l'eau et désigne la rivière Ill. Les murailles entourant la ville, construites en 1143, subsistent encore en partie.*

L'Alsace se situe dans la vallée du Rhin, un chaudron enchâssé entre les Vosges et la Forêt-Noire. Ces deux massifs montagneux freinant la course des nuages, la pollution et la chaleur suffocante y stagnent pendant la saison estivale.

Les touristes hésitaient à sortir pendant les heures les plus chaudes et préféraient visiter des musées ou des églises, surtout la cathédrale Notre-Dame, pour y trouver un semblant de fraicheur toute relative. Quand ils ressortaient de ces endroits où la température était un peu plus supportable, ils avaient l'impression d'entrer dans un four, sauf sur le parvis où le vent souffle en permanence, toute l'année. Heureusement, la ville est bien pourvue en terrasses et restaurants, lesquels proposent des cuisines de toutes les origines, pour étancher la soif et se sustenter de bons plats traditionnels qui tiennent au corps.

2

Après avoir obtenu ses galons de lieutenant et suivi une solide formation de plusieurs mois, Caroline Kocher devint capitaine de police et profileuse. Après différentes affectations dans plusieurs villes du pays, elle demanda sa mutation pour Strasbourg afin de se rapprocher de ses parents, retraités tous les deux. Elle était restée fille unique après le décès de son frère Franck, alors adolescent, dans un accident de la route. Il était l'un des passagers du véhicule. Le conducteur, vexé, avait décidé de faire la course avec une moto qui venait de le dépasser sur une route de montagne. L'issue était inévitable. Après plusieurs dépassements intempestifs, la voiture fit une embardée suivie de plusieurs tonneaux. Tous les occupants de la voiture décédèrent sur le coup, même ceux éjectés du véhicule. Le motard, quant à lui, avait continué sa route sans se retourner. À ce moment précis, il lui semblait qu'elle n'avait pas perdu qu'un frère mais une partie d'elle-même. Son jeune frère n'était plus. Personne n'osait parler de ce drame, car la douleur restait vive malgré les années. Toute évocation de cette disparition provoquait à chaque fois un torrent de larmes. Pas de photos dans des cadres posés ou accrochées aux murs, cela pour que Solène, sa fille, ne connaisse pas la fin tragique de son oncle. Plus tard peut-être, quand elle serait en âge de comprendre et d'accepter sa disparition prématurée, Caroline lui raconterait.

Caroline portait si bien la quarantaine qu'elle en paraissait dix de moins. Elle avait le cheveu roux et court et des yeux de jade en amande avec un sourire désarmant. Bien qu'elle fût grande et mince, l'inaction de ces derniers temps avait laissé quelques traces. De petits capitons étaient apparus et lui avaient sculpté quelques poignées d'amour fort agréables. Elle se moquait éperdument des remarques déplacées de certains collègues et d'autres personnes de son entourage. Sa mère non plus n'osait lui faire de remarque, car elle savait que sa fille n'appréciait pas, et qu'elle avait du répondant. Elle pratiquait assidument depuis plusieurs années un art martial, le *Tai-Ji Qi Gong*, avec une prédilection pour la petite forme de Pékin, une pratique qui compte des enchainements de vingt-quatre postures spécifiques. Elle adorait ces cours qui lui faisaient énormément de bien et lui apportaient beaucoup d'énergie. Parfois, selon l'intensité de la séance, il fallait exécuter un retour au calme pour espérer pouvoir dormir la nuit. La pause estivale ayant fait cesser tous les cours, cela lui manquait. Elle avait essayé de reprendre un peu chez elle, mais la motivation n'était pas la même ; difficile de se motiver quand on est seule. Mère célibataire depuis dix ans, elle s'occupait de sa fille Solène, née après le départ du courageux papa qui avait préféré fuir ses responsabilités dès qu'elle lui avait annoncé sa grossesse. Elle aussi avait une chevelure de feu bouclée et une peau laiteuse constellée de taches de son héritées de sa mère.

Son histoire avec Marc n'avait pas duré plus de six mois. Séduite par son regard bleu de husky, elle en tomba rapidement amoureuse. Très gentil et prévenant au début de leur relation, il s'était rapidement montré menaçant et la harcelait verbalement. Des remarques blessantes tombaient à tout moment, sans raison. Tactique habituelle des pervers narcissiques. Au bout de quelque temps de ce régime, Caroline, n'en pouvant plus, avait pris la décision de le quitter. Elle savait qu'après les mots suivraient les coups. Elle savait qu'une relation avec un collègue de travail n'était pas une bonne idée, mais bon… Parfois les choses arrivent sans prévenir… Continuer à travailler avec lui après la séparation fut difficile. N'assumant pas son comportement, il avait finalement demandé sa mutation dans une autre ville, à plusieurs centaines de kilomètres de Strasbourg. Avec le temps, le visage de Marc s'effaçait doucement de sa mémoire, pour disparaitre complètement et jusqu'à oublier son nom. Quand elle l'avait rencontré, elle portait une longue chevelure rousse bouclée qui ajoutait à son charme et la rendait plus attrayante. C'était sans doute le détail qui avait fait craquer Marc. Après la séparation, elle décida de les couper court. *Une nouvelle tête pour une nouvelle vie*, s'était-elle dit. Elle pensait bien sûr refaire sa vie, mais n'avait pas encore trouvé l'oiseau rare. Sa priorité était maintenant de s'occuper de sa fille.

Caroline et Solène habitaient dans un petit trois-pièces sous les combles d'un immeuble de quatre étages sans ascenseur, qui présentait l'inconvénient de se transformer en four en période estivale. Elle avait décoré la pièce à vivre avec beaucoup de gout, disposant des bibelots, des cadres avec des photos, des souvenirs, des dessins de Solène et des œuvres d'art offertes par des amis. Quelques bouquets secs donnaient au lieu une forte envie de ne plus bouger d'un canapé recouvert d'un jeté fleuri très coloré. Un grand pot-pourri embaumait la pièce d'une senteur délicate. C'était leur endroit préféré et elles aimaient y jouer ensemble à des jeux de société. Par-dessus tout, elles adoraient se raconter leurs rêves. Comme elles n'en comprenaient pas la réelle signification, elles les interprétaient à leur manière et cela les faisait tout de même beaucoup rire. Cela faisait partie des nombreux moments de complicité qu'elles passaient ensemble. L'appartement était situé sur la place Saint-Thomas, où trône une statue d'Albert Schweitzer agrémentée d'une fontaine, avec vue sur l'église Saint-Thomas, rue de la Monnaie et rue des Dentelles.

Albert Schweitzer naquit le 14 janvier 1875 à Kaysersberg en Alsace. Il décéda le 4 septembre 1965 à Lambaréné, au Gabon. C'était un médecin, pasteur et théologien protestant, philosophe et musicien alsacien. L'hôpital qu'il développa dans la forêt équatoriale au bord de l'Ogooué à partir de 1913 le fit connaitre dans le monde entier. L'attribution du prix Nobel de la paix en 1952 lui apporta la consécration et une visibilité médiatique considérable. La notion de « respect de la vie » et son indignation devant la souffrance sont au cœur de la démarche d'A. Schweitzer, qui s'est voulu « un homme au service d'autres hommes », tourné vers l'action.

Solène avait décoré sa chambre elle-même, en choisissant bien sûr du rose pour la peinture des murs, la couleur préférée de beaucoup de jeunes filles de son âge. Elle y avait accroché plusieurs posters, dont celui de la *Reine des Neiges* et du *Roi Lion*. Hormis les nombreuses poupées et peluches qui jonchaient son lit et le sol, une bibliothèque ornée de nombreux livres, on trouvait en bonne place ses nombreux dessins, sa grande passion, le plus souvent avec des animaux comme thème central. *Le Roi Lion*, qu'elle avait vu au cinéma avec sa mère, lui avait inspiré le dessin d'une tête de ce grand fauve paré d'une énorme crinière. Malgré son jeune âge, le dessin était plutôt réussi, puisque approuvé par Caroline et Jean, son grand-père, qui passait dans sa chambre à chaque fois qu'il venait la chercher pour l'emmener à la campagne. C'était pour voir son évolution, disait-il. Il lui reconnaissait volontiers un certain talent, pour ne pas dire un talent certain. Tous ces compliments l'encourageaient à persévérer dans cette voie ; c'était le but, en s'attaquant à des dessins de plus en plus complexes. Sans doute une grande artiste en devenir... Elle crayonnait aussi des paysages, avec toujours un animal dans un coin qui rappelait sa grande passion pour tous les animaux de la planète. Il lui arrivait parfois d'ébaucher des bateaux au large où échoués sur le sable, sans avoir pourtant jamais vu la mer. Elle avait une imagination débordante. Pour la mer, où elle mélangeait le vert et le bleu, elle utilisait volontiers des crayons de couleur aquarellables que lui avait offerts son grand-père à qui il arrivait parfois de prendre ses crayons quand il était inspiré. Elle réussissait à réaliser de beaux dégradés pour le ciel, comme Jean le lui avait appris. Mais elle laissait libre cours à son imagination pour mettre en couleurs les coques de navires qu'elle baptisait d'un nom d'animal, bien entendu.

Quand il faisait soleil, elle préférait sortir faire du vélo avec son grand copain Romain, le fils de Magali, leur voisine de palier. Caroline et Magali prenaient alors leur bicyclette pour les accompagner et leur apprendre les dangers de la circulation en ville et quelques rudiments du code de la route. Solène était aussi rousse que Romain était blond. Le garçon aimait surtout jouer avec ses petites voitures qu'il adorait dessiner quand Solène était chez lui. Dans sa chambre, il y avait un circuit de train électrique qu'il mettait en marche quand elle le lui demandait. Une bande sonore, entièrement faite à la bouche, faisait que l'illusion était parfaite et donnait envie de monter dans un wagon pour partir ailleurs. Seul, il préférait son circuit de voitures qui occupait la moitié de la chambre. Il faisait accélérer ses bolides en poussant sur ses manettes et en imitant le bruit de moteur des voitures de sport. Parfois, Solène y jouait avec lui quand elle avait envie de lui faire plaisir. Ils se lançaient alors dans des courses folles qui se terminaient toujours par la victoire de Romain, produisant un sourire sur le visage de Solène qui le laissait souvent gagner.

Caroline passait ses heures grises à sa fenêtre à regarder les gens déambuler en direction de la Petite France. Elle enviait parfois ces couples passant avec leurs enfants dans une poussette, qui donnaient l'apparence du bonheur. Elle aurait bien aimé être à leur place parfois, mais quand on frise la quarantaine avec une enfant de dix ans, il est plus difficile de refaire sa vie. Surtout quand on est très absorbée par un travail où les heures ne comptent pas et que l'on a souvent des journées à rallonge. Solène restait souvent la nuit chez Magali. Sa sympathique voisine, également mère solo, emmenait son fils Romain à l'école élémentaire Saint-Thomas, à quelques pas de l'appartement. Un établissement que Solène fréquentait également. Les deux enfants se trouvaient dans la même classe de CM2 et effectuaient leurs devoirs ensemble chez Magali en attendant que Catherine soit rentrée. Ils s'entendaient bien la plupart du temps, même s'il y avait quelques éclats de voix quand l'un essayait de copier sur l'autre. Solène avait hérité du caractère bien trempé de sa mère. Elle ne se laissait pas faire quand on voulait lui imposer quelque chose dont elle n'avait pas envie.

3

Ce vendredi soir, Caroline avait prévu une sortie « filles » avec quelques amies. En sortant, elle déposa Solène chez Magali en promettant de ne pas rentrer trop tard, avant de prendre l'escalier. Romain fit un grand sourire en voyant Solène rentrer chez lui et filer dans sa chambre pour le retrouver. Elle savait que sa fille pourrait dormir chez elle « au cas où » et que cela ne poserait aucun problème. Les dernières marches furent descendues la conscience tranquille. Après quelques enjambées rapides, elle retrouva ses copines devant l'Ancienne Douane où, après les embrassades et les banalités d'usage, elles décidèrent d'entrer pour se mettre à table. Elles se régalèrent de tartes flambées et de jambonneau braisé pour les plus gourmandes, sans oublier le dessert.

Le grand bâtiment de l'Ancienne Douane date de 1358. C'était une maison de commerce pour le contrôle et le paiement des taxes, construite par la corporation des bateliers. C'était le point d'entrée de tous les produits destinés à la vente de la ville et également un dépôt de mar-

chandises. Elle est située sur la rive gauche de l'Ill et classée monument historique depuis 1948. Dans le restaurant historique, sur des tables recouvertes de nappes en kelsch, *est servie une cuisine alsacienne généreuse et traditionnelle. Le kelsch est un tissu de lin ou de coton produit en Alsace. Il est orné d'un motif de carreaux formés par le croisement de fils de couleur bleue ou rouge. Son nom se réfère au bleu tiré du pastel cultivé près de Cologne. Traditionnellement, ce tissu était exclusivement utilisé pour le linge de lit, mais au XXe siècle il servit aussi à confectionner d'autres pièces de linge de maison comme les nappes et les serviettes.*

Elles appréciaient le repas assez copieux et bien arrosé de pinot noir, accompagné de grandes discussions, d'anecdotes et de franches rigolades, cela va sans dire. Les desserts étaient riches et bien servis. Du vacherin glacé aux profiteroles en passant par la tarte de la Forêt-Noire, elles se délectaient avec gourmandise de toutes ces douceurs suaves. En rentrant de sa soirée, après les longues et difficiles étreintes de la séparation et les promesses de se revoir bientôt, elle eut d'énormes difficultés à gravir les quatre étages de son immeuble. Arrivée sur son palier, elle décida de ne pas sonner chez Magali, car elle avait largement dépassé l'horaire prévu.

— *Pour le pinot noir, j'ai largement dépassé la dose prescrite,* dit-elle à voix basse. *Je vais sûrement le payer demain avec un gros mal aux cheveux. Mais bon, on ne vit qu'une fois, autant en profiter...*

Une fois couchée, elle rencontra des difficultés à trouver le sommeil. Cela était dû au manque d'action et à la digestion, ou les deux sans doute. Elle n'avait pris qu'une tarte flambée gratinée et un dessert, mais se sentait un peu patraque. *Sur les trois profiteroles, c'est sans doute la dernière qui ne passe pas*, pensa-t-elle en souriant. *En plus, je n'aurais pas dû manger la chantilly, ce n'est pas très digeste.* Elle avait raison, car sa nuit fut agitée. Se tournant et retournant en tous sens dans son lit, elle fit la crêpe jusqu'à deux heures du matin.

4

Quand Caroline entendit la sonnerie du réveil après quelques rares heures de sommeil, elle se réveilla en sursaut, le visage emperlé de sueur. En émergeant de la douce torpeur du sommeil, elle comprit qu'elle venait de faire un mauvais rêve, ou plutôt un horrible cauchemar. Elle eut du mal à réaliser ce qui lui arrivait et mit plusieurs minutes pour sortir de son état léthargique. Elle tenta de remettre de l'ordre dans ses idées en se remémorant son cauchemar, assise sur le bord du lit.

« Tous les ponts reliant la Grande Île au reste de la ville avaient été détruits. Je me suis retrouvée prisonnière sur ce bout de terre, sans liaison avec le reste du monde. J'errais sans but, seule dans les rues désertes, pour constater que ma ville était devenue une prison sans âme qui vive. Je marchais sous une pluie battante sans être mouillée. Quelles forces avaient bien pu détruire tous les accès à la ville, et pourquoi ? Je ne connaissais pas la réponse… Impossible de nager jusqu'à la rive opposée pour rejoindre l'autre monde ; le niveau de l'Ill était telle-

ment élevé qu'il submergeait les berges jusqu'à les faire disparaitre complètement. L'eau boueuse avait une couleur de terre et de sang d'où émergeaient les restes des ponts détruits et où flottaient des morceaux de corps humains et d'animaux morts. Des bras, des jambes et des pattes dérivaient dans un courant si fort qu'il occasionnait des vagues. Dans une rue que je venais de prendre, il y avait tout de même quelques silhouettes fantomatiques qui erraient, tels des zombies dans un épais brouillard, en poussant des cris lugubres. Sur la place de la Cathédrale, plusieurs dizaines de personnes dansaient sans musique le regard vers le ciel, incapables de s'arrêter, les bras et les jambes désarticulés partant dans tous les sens jusqu'à l'épuisement. Puis elles mouraient en s'écroulant sur le parvis comme des pantins désarticulés. L'unique flèche de la cathédrale Notre-Dame avait été décapitée, pulvérisée. Elle se retrouvait réduite en sable de grès rose sur les pavés du parvis, la rendant méconnaissable ».

En juillet 1518, cette danse, provoquée par la contamination à l'ergot de seigle, dura plusieurs semaines et fit beaucoup de victimes.

Après cette courte et mauvaise nuit, elle qui n'était pas du matin eut toutes les difficultés du monde à mettre un pied devant l'autre. Elle savait qu'elle allait marcher au radar toute la journée. Difficile de travailler dans cet état second.

Mais non, pas aujourd'hui, on est samedi ! se dit-elle dans un moment de lucidité.

La tête embrouillée, elle commenta cette situation déplorable.

> *« Réveillée aux aurores. Le soleil est encore couché et je dois me lever. La chambre est sombre et silencieuse. Je m'installe sur le bord du lit. J'ai du mal à ouvrir les yeux : mes paupières sont collées. Je frotte le gauche d'abord, puis le droit. Les deux prunelles ouvertes, mon regard se précise. Je tente un geste maladroit dans la pénombre pour chercher l'interrupteur de la lampe de chevet. Je le trouve enfin et j'appuie. Cette lumière m'éblouit. J'éteins à nouveau. Je me lève difficilement, me dirige à tâtons vers la cuisine à la vitesse d'un paresseux asthmatique. Une fois allumée, la lumière indirecte de la hotte reste supportable. Péniblement trouvée, la machine à café obéit à mes gestes malhabiles. Le café coule dans la tasse mise en place la veille. Je bois le café : fort, le café du matin, très fort. Au point de réveiller un mort. Nécessaire pour attaquer la journée. Je me verse un jus d'orange, je vise mal et il finit à côté du verre pour se répandre sur la nappe. J'arrive miraculeusement à attraper un essuie-tout pour limiter le désastre. Les automatismes m'emmènent sous la douche où le jet bienfaisant termine de me réveiller. Je me dirige vers la chambre. Dans la commode de sous-vêtements, je prends une culotte et un soutien-gorge sans vraiment choi-*

sir. Puis je me glisse dans mon jean et passe un ticheurte. Les chaussures enfilées, je prends mon sac d'une main et sors en claquant la porte derrière moi ».

Se souvenant que les enfants avaient quelques heures de cours le samedi matin, elle se dit : *Magali a dû emmener les enfants à l'école.* Elle hésita devant sa porte et continua à descendre l'escalier en marchant sur un nuage de ouate.

À la sortie de chez elle, la fraîcheur matinale termina de la réveiller en lui donnant petit un sursaut d'énergie. Un réflexe professionnel lui fit vérifier que tout était en place. Elle en eut la confirmation dès qu'elle marcha sur le quai Saint-Thomas. Tous les ponts étaient intacts. Mais elle savait tout de même que ce cauchemar allait la poursuivre toute la journée en gardant une petite brume dans son cerveau, et qu'elle serait incapable de traverser un pont, avant longtemps sans doute. Elle préféra longer les quais. Elle se dirigea vers la place du Marché-aux-Poissons où le marché du samedi se tient toute l'année, uniquement le matin. Caroline fit quelques emplettes chez son maraicher préféré et se décida pour des carottes, des tomates, du basilic et un morceau de fromage et de la mozzarella, ainsi qu'une botte de radis avant de tout ramener chez elle. Pendant les vacances, elle ne cuisinait pas souvent et se contentait, avec les fortes chaleurs, d'une énorme salade de doucette composée au gré de ses envies. Elle n'aimait pas l'été et s'impatientait de l'arrivée de l'automne qui habillait la cité d'une couleur dorée, avec sa pluie froide et ses reflets colorés sur les pavés mouillés. Cette période de calme apparent et d'oisiveté lui permettait de baguenauder dans sa ville, qu'elle connaissait par cœur pour y être née ; elle aimait découvrir de nouvelles choses au cours de ses déambulations. Avec cette chaleur, elle décida de marcher plus doucement ; elle avait plus de chances de faire de nouvelles découvertes en levant la tête. En rentrant mettre ses achats au frais, elle rêvait.

Dans ses souvenirs, une de ses promenades préférées était le parc du château de Pourtalès. Un havre de paix dans l'agglomération strasbourgeoise, où de grands arbres règnent en maitres absolus. Plusieurs sculptures contemporaines jalonnent le parc, plus ou moins bien cachées. De là, en quelques foulées, on peut accéder par une digue à la forêt de la Robertsau et au Rhin.

Elle ne pouvait plus s'y rendre pour le moment, mais peut-être un jour…

Appelé d'abord château de Bussière, du nom d'Alfred de Bussière, il devint plus tard le château de Pourtalès. Mélanie de Pourtalès en fit un foyer de culture. Après la guerre, il abrita le Collège de l'Europe libre fondé en 1951 par la CIA pour former des cadres dans le but de reconquérir les pays de l'Est. Occupé plus tard par l'université internationale Schiller, c'est aujourd'hui un hôtel de luxe, installé dans les anciennes écuries du château. Le parc de 25 hectares est ouvert au public depuis son rachat par la ville de Strasbourg. La ferme Bussière existe toujours et abrite le CINE, Centre d'Initiation à la Nature et à l'Environnement. Il s'y déroule des conférences et expositions, essentiellement sur la nature.

En attendant de pouvoir ressortir un jour de la Grande Île, elle adorait se promener dans la Petite France, la vieille ville de Strasbourg et admirer ses magnifiques maisons à colombages abritant de nombreuses boutiques et restaurants, jusqu'aux Ponts Couverts.

À la fin du XVe siècle, la syphilis, épidémie surnommée le « mal français », nécessita la construction d'un hospice appelé « Au petit Français », devenu par la suite la « Petite France ». Au début de la rivière Ill, Vauban fit construire un barrage, la « grande écluse », achevé en 1700 et qui porte désormais son nom. Les ouvertures qui servaient au passage des eaux et des bateaux pouvaient être fermées et inonder le sud de la ville, évitant ainsi les attaques ennemies. La Petite France comptait déjà nombre d'estaminets dans les années 1960. Comme Le Pianiste aveugle *dans les locaux actuels du restaurant du pont Saint-Martin. Le nom vient du pianiste qui jouait dans cet établissement.*

Elle fit une petite pause pour admirer l'ancienne prison pour femmes, avant de suivre les rails du tram.

L'Ancienne Commanderie des Chevaliers de Saint-Jean devint la prison des femmes Sainte-Marguerite en 1734, puis l'E.N.A. en 1991, aujourd'hui appelé l'Institut du Service Public.

Elle arriva doucement à la place de l'Homme-de-Fer par la rue du Jeu-des-Enfants…

Un combat sanglant se déroula sur cette place le 31 juillet 1308 entre les membres des corporations des bouchers et des forgerons contre Nicolas Zorn de Bulach ; cela permit l'émergence des bourgeois face à la noblesse. Aujourd'hui c'est le croisement des lignes du tram et on peut y admirer un hallebardier sur la façade de la pharmacie, l'homme de fer qui a donné son nom à la place. C'est simplement une enseigne d'un marchand de fer au XVIIIe siècle.

… Et elle poursuivit jusqu'à la place Kléber.

Anciennement place des Cordeliers, où fut érigée en 1840 la statue du général Jean-Baptiste Kléber. À la place de l'ancien et magnifique hôtel Maison Rouge *se trouve aujourd'hui la FNAC. Sur le côté nord se trouve l'Aubette, dont le nom viendrait du poste de garde d'où partaient les ordres « à l'aube » et qui abrite de nombreuses manifestations culturelles.*

Cette balade l'avait épuisée ; la distance n'était pas énorme, mais c'était surtout dû à la chaleur. Elle décida de rentrer chez elle en empruntant la rue des Grandes-Arcades où il y avait un peu d'ombre sous ses arches de pierre. En passant place Gutenberg, elle sourit en se remémorant les histoires de l'imprimerie, racontées dans son enfance par son père qui leur servait de guide ; il avait fait toute sa carrière dans les industries graphiques et Gutenberg était son « patron ».

L'ancienne place Saint-Martin où trône la statue de Gutenberg. Père de l'imprimerie, il séjourna à Strasbourg au XVe siècle où il inventa l'imprimerie. La statue de bronze, du sculpteur David d'Angers, fut érigée lors des fêtes de 1840 en l'honneur de Gutenberg, grâce à une souscription nationale. Les paroles de la Genèse Et la Lumière fut, *que Gutenberg présente aux passants, gravées sur un parchemin, renvoient aux premiers mots de la Bible et expriment l'ouverture à tous du savoir diffusé par le livre imprimé. Le socle de la statue illustre l'apport de l'imprimerie aux quatre continents. L'Europe est figurée par des écrivains et savants européens.*

Johannes Gensfleich dit Gutenberg naquit vers 1399 à Mayence dont il s'exila en 1429. On le retrouve à Strasbourg en 1434, dans les environs du couvent Saint-Arbogast de la Montagne Verte. Il meurt en février 1468.

C'est sans doute vers 1458 ou 1459 que Jean Mentelin, originaire de Sélestat, établit le premier atelier d'imprimerie rue de l'Épine à Strasbourg, près de la place Gutenberg. L'avance prise par Strasbourg dans le domaine de l'imprimerie lui permit de rayonner dans toute l'Europe occidentale. À la fin du XVe siècle, Strasbourg compta plus *d'une douzaine d'imprimeurs en activité. L'essor extraordinaire de la presse et des périodiques de diffusion locale durant les premières années de la Révolution contribua à la multiplication des petits ateliers d'imprimerie à Strasbourg.*

Caroline gravit péniblement les escaliers de son immeuble, accablée par la chaleur ; elle entra dans l'appartement en se dirigeant vers la cuisine où elle prit un grand verre d'eau qu'elle avala d'un trait, pour étancher sa soif avant de prendre une bonne douche rafraichissante.

5

Pour occuper son samedi après-midi, elle prit la décision de se rendre au musée d'Art Moderne et Contemporain avec Solène, rentrée de l'école pour le déjeuner. Celle-ci tournait justement la clé dans la porte et elle vint rejoindre sa mère dans la cuisine.

— Bonjour ma chérie, tu as bien travaillé ?
— Oui, un peu…
— Comment ça, un peu ?
— Ben oui, on est samedi, c'est le week-end !
— Tu as eu une semaine chargée ?
— Pas trop, mais il faut quand même que je me repose un peu…

Les répliques de Solène faisaient toujours sourire Caroline.

— Tu veux bien mettre la table ? Enfin, si tu n'es pas trop fatiguée !
— Oui, je pense pouvoir y arriver.

Solène prit deux assiettes, deux couteaux, deux fourchettes et deux petites cuillères qu'elle disposa sur la table avec l'élégance et la dextérité d'un maitre d'hôtel. Caroline apporta une grande salade d'été composée avec ses achats du marché et agrémentée de petits morceaux de magret de canard fumé ; elles la dégustèrent avec grand appétit.

La vaisselle à peine terminée, elles se décidèrent à sortir en la laissant sécher sur l'égouttoir.
— Tu es prête pour aller au musée ?
— Oui, mais on y va doucement, hein maman ?
— Doucement, d'accord.
Le trajet jusqu'au musée dura une bonne demi-heure, tant la chaleur était intense. Elles faisaient leur possible pour marcher à l'ombre. L'exposition du moment était consacrée à Käthe Kollwitz (1867-1945), une des meilleures artistes allemandes de son époque selon le directeur de la galerie nationale de Berlin. Dessinatrice, graveuse et sculptrice, elle exprime avec puissance la guerre, la pauvreté et la mort, l'amour et le réconfort. Ses dessins au fusain ou à la pierre noire sont très puissants et ne peuvent laisser indifférent. Solène semblait happée par les œuvres qui dégageaient une réelle puissance.
— Ça te plait, Solène ?
— Oh oui ! Je trouve ses dessins très forts, parfois tristes, mais beaux en même temps.
— Si les dessins t'inspirent, je vais t'acheter le catalogue de l'exposition et tu pourras t'entrainer à dessiner.
— Oh oui ! C'est super ! Merci maman.
— Je pense avoir une boite de fusains quelque part, ainsi qu'un bloc à dessin.

— Je vais pouvoir essayer dès demain alors !

— Bien sûr, mon cœur !

La visite dura longtemps. Autant pour les œuvres qui les faisaient s'immobiliser d'émotion que pour profiter de la climatisation. Après avoir vu toute l'exposition, elles étaient dans un état second, complètement abasourdies par cette immense claque visuelle, par la qualité des œuvres et leur puissante émotion quels qu'en fussent les sujets. Comme promis, Caroline se procura le catalogue car elle avait vu Solène s'enthousiasmer vraiment pour ce travail artistique. Une fois rentrée, Caroline se mit à fouiller dans ses placards pour y retrouver effectivement une boite de fusains et un bloc à dessin afin que sa fille puisse commencer à s'exercer. La soirée se termina par la préparation d'un repas léger pour Caroline et par la lecture du catalogue pour Solène. Elle parcourait toutes les pages afin de choisir un dessin de Käthe Kollwitz et disposait un petit papier à chaque page où elle avait choisi une œuvre à son gout. Elle pourrait s'exercer à le reproduire dimanche.

Le lendemain, ce fut un dimanche ensoleillé et Caroline proposa à Solène de sortir un peu.

— Oh non, maman, j'ai trop envie de dessiner maintenant. Les dessins sont tellement beaux que je ne sais pas par lequel commencer.

— Choisis un dessin facile pour commencer. Tu pourras continuer par un plus difficile, voire un très compliqué comme un personnage entier ou un visage pour terminer.

— D'accord, je vais faire ça.

Solène choisit un premier dessin et s'installa à la table du salon. Caroline s'allongea dans le canapé. En regardant sa fille dessiner, la nostalgie des balades l'envahit.

> *J'aimerais tant emmener Solène, quand il fera moins chaud, pour effectuer notre randonnée préférée. Celle de la grotte Saint-Vit, près de Saverne. Elle commence aux étangs de pêche de Ramsthal. Après une petite montée en pente douce, où l'on peut déguster des framboises sauvages en saison, on arrive près d'un kiosque en bois, un abri très pratique en cas de pluie. C'est là que se découvre la fontaine Mélanie. Elle porte le prénom de l'épouse de Richard Stieve, fondateur du Club Vosgien en 1872. L'eau de source cristalline y coule abondamment. Il suffit de traverser le muret qui borde le bassin pour continuer la balade dans une montée un peu plus sportive. Après quelques efforts, on tombe sur la route forestière du Herrgott. Là se trouve la source des Bavarois, constituée d'un mince filet d'eau la plupart du temps. Puis le chemin continue en lacets dans la forêt du Schweizerkopf qui mène à la maison forestière Schweizerhof. Après quelques pas sur l'asphalte, le sentier prend à droite dans une descente abrupte par la forêt du Blummenthal. Au bas de la pente, arrivée sur le chemin de halage du canal de la Marne au Rhin. On le suit jusqu'à l'écluse n° 27. Puis le sentier en zigzag oblique sur la gauche pour une montée raide qui traverse le Rappen-*

kopf. Au sommet, on arrive au Rappenfels où la vue est magnifique sur toute la vallée de la Zorn et les Vosges couvertes de forêts. En face, on peut y apercevoir le château du Haut-Barr et celui du grand Geroldseck. Le petit Geroldseck, sur la colline voisine, est trop bas pour espérer l'apercevoir. C'est notre endroit préféré pour faire une pause bien méritée. Il nous faut reprendre des forces avec un bon casse-croute. Parfois, on aperçoit le TGV Strasbourg-Paris qui passe en bas à vitesse réduite avant de disparaitre dans le tunnel. Après s'être rassasiées, on reprend la balade plutôt plate jusqu'à la plate-forme du jardin alpin de la grotte Saint-Vit. Dans la grotte, lieu de cérémonies religieuses, Solène adore faire tinter le clocheton dont les vibrations s'entendent dans toute la vallée. La grotte Saint-Vit est un sanctuaire qui était sans doute un lieu de culte païen. Le jardin alpin est entretenu par des bénévoles qui viennent le soigner, l'arroser ou replanter de nouvelles fleurs. Près de la plate-forme se trouvent deux bassins où s'ébattent des tritons alpestres dans le premier, l'autre étant rempli de poissons rouges et recouvert de nénuphars de plusieurs couleurs, magnifiques dès le mois de mai. Le chemin redescend ensuite vers les ruines du château du Griffon (Greiffenstein). La seule partie intacte est un donjon que nous adorons gravir par un escalier en bois pour apercevoir, sous un autre angle, le château du Haut-Barr qui se découvre à la limite de la cime des arbres. Dans quelques années, il ne sera plus visible de là-haut. La descente se fait ensuite par la forêt en quelques lacets qui aboutissent au lieu-dit Ramsthal en longeant la voie de chemin de fer. Parfois, le passage d'un TGV dissimulé par les arbres nous effraie et nous fait sursauter. Puis nous nous dirigeons vers le parking pour récupérer la voiture, poser nos sacs à dos et rentrer fourbues, mais heureuses. Rien de tel qu'une balade en montagne pour se régénérer et attaquer la semaine en pleine forme. C'est indispensable même. Les randonnées devraient être remboursées par la Sécurité sociale.

Ayant recouvré ses esprits, Caroline se plongea dans la lecture d'un roman de Ken Follet, *Le Crépuscule et l'Aube*. Dans cette histoire se mêlent la vie et la mort, l'amour et de nombreuses trahisons. L'action se déroule à Kingsbridge, en Angleterre, de l'an 997 à la fin du haut Moyen Âge. Elle était happée par l'histoire, par des personnages attachants au point que lorsque l'un d'eux mourait, elle avait la vue brouillée. Le dimanche passa tranquillement, Solène à son dessin et Caroline à son pavé de près de neuf cents pages. À un moment, Caroline mit un marque-page dans son livre et proposa un petit gouter à Solène.

— Je veux bien, oui.
— De toute façon, tu es toujours d'accord.
— Ben oui !
— J'ai acheté des fraises au marché, on va se régaler !
Tout en se levant, Caroline jeta un coup d'œil sur le

dessin de sa fille et s'exclama :

— Ouah ! Bravo Solène, il est beau ton dessin. Tu es douée, dis donc.

— Tu penses que je suis une grande artiste ?

— Grande, je ne sais pas, mais artiste, assurément. Bon, je vais préparer les fraises avec quelques morceaux de feuilles de menthe ciselées.

Caroline se rendit à la cuisine pendant que Solène continuait à s'appliquer à son dessin. Au bout d'un moment, elle revint au salon.

— Les fraises sont prêtes ! Qui en veut ?

— Moi, dit vivement Solène, la main levée en posant son fusain.

— Va te laver les mains, elles sont toutes noires !

Solène s'exécuta et revint fièrement montrer ses mains propres.

Elles s'installèrent toutes les deux à la table pour déguster ce dessert rafraichissant. Les fraises ne mirent pas longtemps à disparaitre dans la bouche des deux gourmandes qu'elles étaient. La dégustation terminée, Solène se remit à son dessin et Caroline à sa lecture.

6

Caroline accompagna Solène à l'école pour ses cours de soutien pendant les vacances scolaires, afin de combler ses lacunes en mathématiques. Elle n'aimait pas les chiffres. Elle affirmait même que c'était les chiffres qui ne l'aimaient pas. Caroline décida ensuite de se promener le long de l'Ill ce lundi matin, histoire de gagner quelques degrés d'une fraicheur toute relative. Elle passa au commissariat de quartier de la Police nationale où elle travaillait, située rue du Vieux-Marché-aux-Poissons près de la rue de la Douane. Le commissaire étant en congés, c'est elle qui le remplaçait. Elle passa rapidement à son bureau où aucun dossier urgent ne l'attendait. Elle salua quelques collègues et ressortit rapidement en traversant la rue du Vieux Marché-aux-Poissons.

Dans cette rue se situait un atelier d'imprimerie où fut publié un étonnant livret traitant de l'obligation sur la manière de s'habiller entre 1676 et 1680. Mais les gens restaient insensibles à ces prescriptions et s'habillaient comme ils voulaient.

En longeant le Musée historique, elle se retrouva sur la place du Marché-aux-Cochons-de-Lait et continua jusqu'à la place du Marché-aux-Poissons, à l'embarcadère des bateaux-mouches.

Ces promenades fluviales proposent un circuit au fil de l'eau autour de la Grande Île, qui commence à l'embarcadère de cette petite place. Il se poursuit en longeant le bâtiment de l'Ancienne Douane jusqu'à la Petite France, où l'on peut apercevoir les anciennes glacières et les Ponts Couverts avec le barrage Vauban, cela après avoir franchi une écluse au pont-tournant à la hauteur de la Maison des Tanneurs. On passe ensuite une deuxième écluse face à l'ancienne Commanderie des Chevaliers de Saint-Jean. Le trajet continue vers la place des Halles où se trouvait l'ancienne synagogue consistoriale incendiée par les nazis, plus exactement par un commando des Jeunesses hitlériennes, le 30 septembre 1940. Après plusieurs ponts, le circuit se poursuit le long du tribunal judiciaire pour passer à l'arrière de l'opéra national du Rhin, en face de la Neustadt bâtie lors de l'annexion de l'Alsace-Moselle par l'Allemagne entre 1871 et 1918, prévue pour accueillir le Kaiser. Sur la place de la République, anciennement Kaiserplatz (place impériale), on trouve le Palais du Rhin, l'hôtel des impôts, la préfecture, la bibliothèque nationale et universitaire et le théâtre national de Strasbourg. Le circuit longe ensuite le lycée international des Pontonniers, conçu par l'architecte Gustave Oberthur dans un style néo-renaissance de l'Empire germanique en 1902. Le bâtiment fut inscrit à l'inventaire des Monu-

ments historiques en 2002. Un virage à gauche fait longer l'arrondi du bâtiment de l'E.S.C.A., ancien lieu de stockage de bois qui date de 1930. Après différents usages, il est devenu un immeuble d'habitation. Puis l'on passe devant l'église réformée Saint-Paul, un des édifices incontournables de Strasbourg, au confluent de l'Aar et de l'Ill, elle aussi classée aux Monuments historiques depuis 1998. À sa droite, se trouve le Palais universitaire de Strasbourg et le célèbre Café Brant, brasserie entièrement rénovée en 2014 après avoir failli être rachetée par un promoteur qui voulait en faire une banque ou une supérette. La balade se termine par le quartier européen où l'on aperçoit les bâtiments de la chaine de télévision franco-allemande Arte, le Conseil de l'Europe, la Cour européenne des Droits de l'Homme et le Parlement Européen. Le retour s'effectue en passant près de l'église Saint-Guillaume, un édifice gothique affecté au culte luthérien. Située à la jonction des quais des Bateliers et des Pêcheurs, elle est remarquable par sa situation pittoresque au bord de l'Ill, son aspect extérieur de travers, ainsi que pour son riche équipement intérieur mêlant gothique et baroque. Sa bonne acoustique lui permet depuis la fin du XIXe siècle de servir également de cadre à des concerts et à des représentations de musique classique, en particulier des passions de Johann Sébastian Bach. L'église présente sur son clocher, qui semble décentré selon l'angle de vue, un coq, ainsi qu'une ancre en forme de croix qui rappelle son ancienne affectation de paroisse de la confrérie des bateliers au XIVe siècle. Une cloche en bronze, fondue en 1755 par Ernest Frédéric Puffendorff, est classée monument histo-

rique depuis le 20 novembre 1987, à titre d'objet. Puis on termine en frôlant la terrasse du palais Rohan avant de revenir à l'embarcadère.

Elle remonta la rue Rohan pour se diriger vers la cathédrale Notre-Dame, « sa » cathédrale. Sur le chemin, elle aperçut un nouveau tag inspiré sur le grand mur longeant la rue : MINISTRES, SINISTRES MARIONNETTES À LA BOTTE D'UN POUVOIR AVEUGLE. Ce qui la fit sourire. De loin, elle vit un attroupement sur les marches du double portail sud, appelé portail de la Vierge ou de Salomon.

La cathédrale de Strasbourg, fondée en 1015 sur les vestiges d'une précédente cathédrale, fut élevée à partir de 1220 par la ville libre de Strasbourg dans un style gothique et achevée en 1365. Sa fragilité vient de sa construction, entièrement réalisée en grès rose des Vosges. Quand on entre dans l'édifice, on est subjugué par la taille des piliers qui s'élancent vers le ciel pour soutenir la voute. Elle se reconnait aisément à son clocher unique, surmonté d'une flèche ajoutée en 1439. Entre 1647 et 1874, pendant plus de deux siècles, elle fut le plus haut édifice du monde avec ses 142 mètres de hauteur. On peut y admirer un orgue Silbermann du XVIIIe siècle qui accompagne les offices religieux, mais également pour interpréter des pièces classiques dans les concerts. La plateforme domine la place à 66 mètres avec un panorama exceptionnel sur la ville. Une hypothèse quant à son unique tour serait probablement le manque d'argent. Une autre serait l'instauration d'un climat moins favo-

rable à ce type de constructions onéreuses liée à l'arrivée de la Réforme à Strasbourg au début du XVIe siècle. Une dernière serait que les fondations n'auraient pas permis de supporter le poids d'une seconde tour. L'édifice repose sur des fondations datant de 1015, uniques au monde : un socle de limon et d'argile, renforcé par des pieux en bois de chêne enfoncés dans la nappe phréatique.

En traversant la place du Château, elle croisa un homme qui lui rappela étrangement son prof de maths au lycée, un grand escogriffe grisonnant avec un costume brun. Elle se souvenait qu'il avait la particularité de rouler les *r*, ce qui la faisait beaucoup sourire. Il avait aussi un surnom pour quelques élèves, notamment pour un garçon rêveur avec de bonnes joues rouges, issu de la campagne. Quand il l'appelait au tableau, c'était en lui lançant : « Toi, le joufflu, arrive ! », ce qui déclenchait les rires du reste de la classe. L'intéressé affichait une moue dépitée car il était gêné par ce sobriquet. Un élève plutôt grand se faisait qualifier de grande perche et un petit de nain de jardin. Il escamotait aussi les noms de famille en les remettant à sa sauce, ce qui faisait douter l'intéressé appelé qui regardait autour de lui, sans être certain qu'il s'agisse bien de lui. Tandis que nous étions concentrés sur les problèmes qu'il nous donnait à résoudre, il se mettait debout sur son bureau avec la main en visière, pour surveiller la classe de haut et regarder si personne ne trichait. Il était bon pédagogue, original sans être méchant, mais impressionnait pourtant tous les élèves par sa stature et son tic de langage d'une autre époque. Un jour, nous lui avions fait une farce dans la cour de récréation. Le jeu consistait à poser une boite d'allumettes au sol et à se regrouper en cercle fermé en parlant un peu fort comme s'il s'agissait d'un événement. Il s'est bien sûr approché pour résoudre le problème et séparer les élèves ; quand il a vu la boite d'allumettes, il avait souri en faisant une remarque comme quoi il y avait certainement des choses plus intelligentes à faire. Caroline se disait que bizarrement, elle avait miraculeusement échappé à toutes ses plaisanteries douteuses et à ses remarques désobligeantes, mais elle ne s'en plaignait pas. Cet inconnu n'était pas son prof, bien sûr, mais cela la fit tout de même sourire.

Elle termina de traverser rapidement la place du Château pour gravir les marches du grand escalier et se retrouva devant le portail sud. Elle écarta les badauds en exhibant sa carte de police pour se frayer un passage jusqu'aux solides portes ornées de ferrures. Elle aperçut une grande mare de sang assez fraiche provenant de sous la porte gauche qui coulait sur les marches des escaliers, et des traces de gouttes de sang en pointillé continuaient le long du côté sud de la cathédrale. Elle pensa tout de suite à une personne blessée car il n'y a qu'un humain pour perdre autant de sang. Elle fit reculer tous les curieux et téléphona à ses collègues pour venir fixer la scène. Elle était ravie qu'il se passe enfin quelque chose de sérieux et qui nécessiterait une enquête. Toute l'équipe de la police scientifique arriva rapidement sur les lieux pour réaliser tous les prélèvements nécessaires. Une fois l'endroit sécurisé, elle suivit la trace des taches de sang par la galerie extérieure. Elles contournaient la cathédrale par le parvis du portail occidental et la façade nord jusqu'à la rue des Frères, puis place du Marché-Gayot – anciennement appelée Cour brûlée –, où subitement les traces s'arrêtaient à la hauteur de la *Pierre trouée*, une sculpture en métal représentant une pierre ou une météorite. Elle ne comprit pas tout de suite pourquoi les traces s'arrêtaient si brutalement. *L'enquête le déterminera*, pensa-t-elle. Elle revint sur ses pas pour pénétrer dans la cathédrale par l'entrée principale et se rendre au pilier des Anges, situé à l'arrière de la porte sud où était présente une autre tache de sang, comme elle le pressentait.

Le pilier des Anges ou du Jugement dernier, haut de 18 mètres, se trouve dans le transept sud à côté de l'horloge astronomique et porte douze statues.

Là encore, elle appela ses collègues pour fixer la scène de crime afin de ne pas la polluer.

— Indéniablement, la victime a été agressée près du Pilier des Anges. Mais comment notre homme a-t-il réussi à ouvrir une porte aussi lourde ? Peut-être avait-il une clé... Au vu de la serrure, elle doit être énorme.

Elle demanda aux techniciens de bien vouloir laisser un petit passage pour que les visiteurs puissent accéder à l'Horloge Astronomique.

L'horloge astronomique est logée dans un buffet de style Renaissance du XVIe siècle. Elle est classée monument historique depuis le 15 avril 1987. Son mécanisme a été entièrement créé par l'ingénieur strasbourgeois Jean-Baptiste Schwilgué en 1842.

7

Caroline, rentrée en fin d'après-midi, trouva Solène allongée sur le canapé, emmitouflée dans un plaid.

« Solène ? Tu es là ? Pas de réponse. Elle devrait être rentrée de l'école à cette heure-ci. Elle n'est pas chez Magali, j'ai sonné et personne ne m'a répondu. »

Caroline regarda dans la chambre de sa fille, sans succès. C'est en passant devant le canapé qu'elle aperçut sa fille allongée, les yeux mi-clos, avec sa tête des mauvais jours.

— Qu'est-ce qui t'arrive, ma puce ?

— J'ai chaud et froid en même temps, c'est bizarre, non ?

— Tu fais sans doute une petite poussée de fièvre. Tu as dû prendre froid ou tu es restée en plein courant d'air...

— C'est possible. La maitresse avait entrouvert les grandes vitres de la salle de classe pendant le dernier cours.

— Ben voilà, l'énigme est résolue. Comme tu es assise près de la fenêtre, tu as pris le courant d'air en plein sur la tête. Je vais te donner un antalgique. J'ai du paracétamol.

— Mamie Sophie me mettait toujours un gant de toilette mouillé sur le front quand j'avais de la fièvre à la campagne. Elle me disait qu'avec du repos et quelques tisanes cela passerait très vite, et c'était vrai. Mamie préférait éviter les médicaments.

— Je peux te faire une tisane et te rafraichir le front comme Mamie, si tu préfères…

— Oui, je préfère. Merci maman.

Après les gants de toilette à l'eau froide et des litres de tisane, la fièvre tomba rapidement. Le repos fut souvent interrompu par des allers-retours aux toilettes, la tisane ayant des effets secondaires particulièrement diurétiques.

— Tu vois bien que Mamie Sophie connait bien les moyens de faire tomber la température.

— Ben oui, elle était infirmière, tu sais.

— Pas que ! C'est aussi une fée !

— Oui, mon cœur.

— Toi aussi maman, tu es une fée.

— Si tu le dis…

8

À chaque fois que Jean Kocher se rendait à Strasbourg afin de chercher sa petite-fille pour les vacances, il râlait parce qu'il ne trouvait jamais de place pour se garer. Il est vrai que stationner au centre-ville devient de plus en plus délicat. Après avoir sonné à la porte extérieure de l'immeuble de sa fille, Jean entama l'ascension des quatre étages. Essoufflé après avoir escaladé toutes les marches, il parvint devant la porte du palier et sonna deux fois selon le code convenu. À peine la porte ouverte, Solène se précipita dans les bras de son grand-père.

— Papi ! Tu viens me chercher pour les vacances ?
— Oui ma puce, quelques jours à la campagne à respirer l'air pur te feront le plus grand bien et tu retrouveras un peu de couleur.

Caroline embrassa son père alors que Solène était déjà partie en courant dans sa chambre pour finir de ranger sa valise.

— J'ai presque fini ma valise, Papi !

Jean s'adressa à sa fille à voix basse.

— Je n'arrive pas à comprendre ta peur... Ce n'était qu'un mauvais rêve, après tout !

— Un cauchemar, plutôt...

Jean avait du mal à comprendre l'angoisse de sa fille.

— Les ponts sont intacts, tu peux sortir de la Grande Île...

— Je suis désolée, mais je n'y arrive toujours pas. C'est pour cette raison que je t'ai demandé de venir chercher Solène.

— Tu as pensé à consulter ?

— Papa... Ce n'est pas si grave ! Les effets vont se dissiper avec le temps...

— Si tu le dis...

Jean savait qu'il était inutile d'insister, car il était impossible de discuter tant qu'elle n'irait pas mieux.

— Je te sers un café ?

— Oui, volontiers.

— Prends place, je te l'apporte tout de suite.

À peine Jean assis, Solène apparut avec sa valise.

— Ça y est, je suis prête !

Il affichait un grand sourire, car elle avait vraiment plaisir à se retrouver tous les ans avec ses grands-parents à la campagne. Caroline arriva avec deux tasses de café fumant et servit son père.

— Laisse Papi boire son café tranquillement, mon cœur. Tu es sûre de n'avoir rien oublié ?

— Je ne pense pas...

— Je vais quand même jeter un coup d'œil, dit Caroline en ouvrant la petite valise.

Après une rapide inspection, elle referma le bagage, pensant que sa fille emportait tout ce dont elle avait besoin.

— C'est bien, ma chérie, tu n'as rien oublié !

— Ce qu'on a oublié, on n'en a pas besoin…, plaisanta Jean. Au pire, on peut lui racheter quelques affaires…

— Je pense que c'est complet, mais bon…

Solène était impatiente. Elle ne quittait pas des yeux son grand-père qui sirotait son café tranquillement. Au bout d'un moment, il vida sa tasse, se leva et dit :

— Bon, je pense qu'on peut y aller ! Mamie Sophie est impatiente de te revoir. Elle va encore te dire que tu as grandi !

— Comme tous les ans…, dit Solène en riant. Elle se lova dans les bras de sa mère. Tu viendras nous voir à la campagne, hein maman ?

— Je vais essayer de me libérer un week-end, si mon enquête m'en laisse le temps…

Solène ne connaissait pas l'angoisse de sa mère et elle espérait vraiment sa présence pour que la petite famille soit au complet.

Jean prit le bagage de Solène, remercia pour le café et embrassa Caroline avant de passer la porte. À la première marche, la fillette se retourna pour envoyer des bisous à sa mère et Jean entama la descente de l'escalier à son tour.

À peine la porte refermée, une forme de mélancolie inonda Caroline qui se laissa aller à la nostalgie. Elle savait qu'elle n'était pas encore prête à sortir du centre-ville et qu'elle n'irait certainement pas les rejoindre tous les trois à la campagne alors qu'elle en avait pourtant très envie. Cette hantise la rongeait car l'absence de Solène pendant plusieurs semaines la faisait souffrir. Mais elle la savait heureuse... Elle pensait qu'un jour elle arriverait à dépasser ses peurs... Mais quand ?

« Je me souviens de moments enchanteurs passés dans le parc de l'Orangerie. Assise sur un banc, j'en profitais pour rêvasser en observant l'étendue lisse du lac. Aucune bise, même légère, ne sculptait de rides la surface pour en rompre l'harmonie. Les oiseaux n'osaient pas se poser pour s'abreuver de peur de froisser le reflet de ce beau miroir. Seul l'écho timide d'une chorale lointaine caressait mes oreilles et faisait voyager mon esprit au-delà d'un ailleurs connu. Me venaient alors des envies de voyages, de rencontres. Il m'aurait fallu un don d'ubiquité pour les réaliser tous. Un désir de sourires et d'images me trottait dans la tête. Souvent, l'introspection survenait dans ces moments calmes et sereins. Impossible dans la Grande Île au milieu du brouhaha de se concentrer sur soi et d'en tirer la sève nécessaire pour continuer. »

9

Solène adorait passer les vacances scolaires chez ses grands-parents. Sophie et Jean Kocher vivaient à la campagne depuis leur retraite, à quelques dizaines de kilomètres de Strasbourg, ce qui était très pratique. Ils avaient fait l'acquisition d'une vieille ferme à Grendelbruch, un petit village de montagne tranquille, qu'ils avaient entièrement retapée pendant plusieurs années. Sophie avait travaillé comme infirmière. Elle était employée dans différents hôpitaux, comme la Clinique Sainte-Anne et le NHC (Nouvel Hôpital Civil) entre autres, pour finir sa carrière comme infirmière libérale. Il lui arrivait parfois de soulager quelques personnes de son village pour leur éviter d'aller en ville. Jean travaillait toute sa carrière dans les arts graphiques comme imprimeur. Après avoir travaillé dans différentes imprimeries comme Istra, l'Imprimerie Régionale et les DNA, il termina sa carrière chez Ott à Wasselonne. Ensemble, ils s'occupaient de quelques ares de terrain où ils faisaient pousser des légumes et quelques arbres fruitiers qui donnaient beaucoup en saison, avec lesquels ils préparaient des bocaux pour l'hiver. Ils étaient entourés d'animaux comme des poules, des lapins et des canards que Solène adorait nourrir : des grains de blé pour les poules, des carottes et du pain sec pour les lapins et de la laitue pour les canards et Capucine, la petite tortue qui vivait dans leur enclos. Sans compter plusieurs chats du voisinage, plus ou moins sauvages. Certains adoraient les câlins et d'autres fuyaient en crachant dès qu'on les approchait. Ils venaient se sustenter chez eux, la soupe étant sans doute meilleure qu'ailleurs. Solène adorait dessiner pendant des heures quand la météo n'était pas de la partie, surtout les animaux de la ferme qu'elle observait attentivement avant de les reproduire sur papier. Son plus grand plaisir, une fois le soleil revenu, était d'aller dans le jardin pour y déterrer une carotte, la laver sous l'eau de la pompe à bras, croquer un petit bout et la donner à Bourricot, un âne gris qu'elle avait baptisé ainsi, car il passait ses journées à gambader dans son pré. Il disposait d'une cabane construite par Jean pour se protéger des intempéries, avec une grande réserve d'un délicieux fourrage bien sec. Par-dessus tout, Solène adorait monter l'animal docile pour se promener, mais toujours tenue au licol par Jean ou Sophie. Pour une fille de la ville, elle adorait la campagne. Elle adorait faire de grandes balades avec ses grands-parents, cueillir des fleurs ou des champignons et courir dans les prés fleuris avant de se rouler dans l'herbe haute dans un immense fou rire.

10

Caroline Kocher, notre capitaine et profileuse de la police nationale, se rendit à nouveau place du Marché-Gayot pour tenter d'élucider l'interruption soudaine et mystérieuse des traces de sang devant la sculpture. Cette charmante petite place, bordée d'arbres, est pavée de galets du Rhin à cassure arrondie de différentes couleurs : brun, roux, gris, beige et jaune. Pendant la saison estivale, elle est entièrement recouverte de terrasses où une foule nombreuse vient profiter bruyamment des fraicheurs du soir, empêchant les riverains de dormir jusque très tard dans la nuit. La victime, si elle était toujours vivante, avait huit échappatoires possibles : rue des Sœurs, trois issues rue des Frères, rue des Écrivains et encore trois sorties rue du Chapon. Elle s'était forcément évaporée par l'une de ces huit issues. Le corps ne s'était certainement pas envolé. En contournant la sculpture, Caroline aperçut un papier coincé sous l'œuvre, entre la pierre et un peu d'herbe jaunie. Elle enfila des gants de latex et se baissa pour le ramasser. Sa curiosité fit qu'elle se décida à déplier d'abord le message pour voir le contenu, avant de le protéger dans un sac de scellé. Elle découvrit un message crypté incompréhensible pour elle :

⊠⌐ ⏀⊠⇘⋋   ⊞⌼ ⎕⎛◁⋋▲⌼
⊠⌐ ◁⋋ ⊠⌼⌐⋋ ⊞◁⎛⎕
⏀⌼ ⊠⌐ ▼◁⋋⏄⊙⌼
⏀⌼⊞ ⏀⌼⋋⊙ ▲⇞⊞⌐⇘⌼⊞

— Je n'y comprends absolument rien. Sans doute un code secret. C'est du travail pour Alain, notre génial bidouilleur informatique. Il va pouvoir le déchiffrer facilement... Enfin je l'espère !

Elle contourna la sculpture pour voir s'il n'y avait pas d'autres indices. Ne trouvant rien, elle prit la direction du commissariat. Elle pensait que ce message codé était la clé de l'énigme. Il fallait absolument le déchiffrer pour comprendre ce qui s'était réellement passé.

11

Arrivée à son bureau, elle fila directement vers le service du lieutenant Alain Delaunay, la petite quarantaine, aux cheveux blonds bouclés, pour lui donner le message à décrypter. Célibataire endurci originaire de Franche-Comté, il avait été affecté à Strasbourg à la retraite de l'ancien informaticien du commissariat.

— Bonjour Alain, j'ai une urgence pour toi !
— Bonjour Caroline, il s'agit de quoi cette fois-ci ?
Caroline lui suspendit le sac de scellé devant les yeux.
— De ce message énigmatique ! Je l'ai trouvé près de la sculpture contemporaine sur la place du Marché-Gayot, à l'endroit où s'arrêtent les traces de sang provenant de la porte sud de la cathédrale.

En regardant le message, Alain fit une petite grimace.
— Ce code me dit quelque chose. Il pourrait être inspiré de celui du tueur du Zodiaque, tu sais, ce tueur en série qui sévissait dans les années soixante, soixante-dix près de San Francisco et qui n'a jamais été identifié. En me basant sur son code, je vais essayer de faire une cryptanalyse.

— En quoi consiste une… cryptanalyse, exactement ?

— C'est une technique qui consiste à déduire un texte en clair d'un texte chiffré sans posséder la clé de chiffrement. Je vais lancer une attaque, un processus pour essayer de comprendre ce message.

— Ok, je compte sur toi !

— Comme d'habitude !

— Ce sera long, tu crois ?

— Je ne peux rien te dire à ce stade. S'il s'est effectivement basé sur l'alphabet du Zodiaque comme je le pense, ça peut aller vite, sinon…

— Plus vite tu auras déchiffré le message, plus vite on retrouvera l'assassin… Et le corps et l'identité de la victime !

— J'avais bien compris. Il te le faut pour hier, je suppose ?

— Exactement, je vois que tu me comprends de mieux en mieux, dit-elle en souriant.

— Je m'en occupe tout de suite.

— Merci Alain.

— Avec plaisir ! répondit-il sans conviction, c'est demandé si gentiment !

Caroline sortit du bureau d'Alain en souriant, sachant qu'Alain allait faire l'impossible pour déchiffrer ce message.

12

Caroline avait rencontré Pierre au hasard de ses déambulations dans les rues la ville. Quand elle le vit pour la première fois, il était assis sur un banc du petit parc de la place Mathias-Merian, absorbé par la lecture d'un livre qu'il tenait en main.

Mathias Merian était un graveur sur cuivre et éditeur germano-suisse du XVIIe siècle.

Ce petit havre de paix et de verdure situé entre la rue des Sœurs et la rue de la Croix, à deux pas de la cathédrale, est un endroit magique par le silence qui y règne en plein centre-ville. Il lisait *Le Viking qui voulait épouser la fille de soie* de l'auteure suédoise Katarina Mazetti. Caroline aimait aussi cette écrivaine, surtout à cause de son humour caustique. Dans ce livre, l'amour, le sang et les batailles se mêlent au suspense de l'intrigue voire à la poésie. Ce livre fut le déclencheur d'une nouvelle rencontre…
— Bonjour ! Je ne vous dérange pas ?
— Non, pas du tout, je vous en prie.

— Vous aussi, vous aimez cette auteure ?
— Bonjour ! Oui, j'aime beaucoup. Mais en fait, je la découvre seulement.
— Elle a pourtant écrit de nombreux ouvrages avant celui-ci. Vous n'avez donc pas lu *Le Mec de la tombe d'à côté* ?
— Non, je ne connais pas ce livre…
— Il y a eu un film d'Agnès Obadia adapté du livre, avec Marine Delterme et Pascal Elbé dans les rôles principaux.
— Désolé, cela ne me dit rien !
— Je peux vous prêter le livre, si vous voulez, ainsi que *Le Caveau de famille*, sa suite logique.
— Avec plaisir !

Il la regarda avec un joli sourire.

— Je viens souvent sur cette place pour m'isoler car je cherche le calme nécessaire à la lecture.
— Je vous gêne dans votre lecture, alors ?
— Non, absolument pas. Je vous en prie, prenez place.

Pierre mit un marque-page à l'endroit de sa lecture et regarda Caroline dans les yeux avec un grand sourire. Elle était troublée. En continuant la conversation, elle apprit qu'il s'appelait Pierre Bohnert, architecte d'intérieur à l'agence Studio PB Créations située juste à côté, place Saint-Etienne. Il était grand, la petite cinquantaine grisonnante et les yeux gris. Son sourire séduisit immédiatement Caroline, sa bonne humeur aussi. Elle était déjà prisonnière de son charme.

La place Saint-Etienne est une agréable petite place ombragée entourée de maisons à colombages datant de la Renaissance ou du XVIIIe siècle. En son centre trône la statue du Meiselocker, *le charmeur de mésanges, du sculpteur Ernest Weber ; elle rappelle le gout des Strasbourgeois pour les oiseaux chanteurs. Elle fut offerte par la ville de Munich en remplacement de la très décriée fontaine* Vater Rhein, *qui se trouvait alors sur la place Broglie, face à l'Opéra. Les Strasbourgeois étaient surnommés les* Meiselocker *car au printemps ils piégeaient les mésanges pour les revendre au marché de la ville. Avec la présence du collège épiscopal Saint-Etienne à côté, les bancs étaient souvent occupés par des jeunes qui travaillaient ou déjeunaient entre les cours.*

Dans la discussion qui suivit, Caroline ne lui avoua pas tout de suite son métier, de peur de le faire fuir. Son intuition féminine présageait que cette histoire allait être importante, même si elle en doutait un peu : étrange sensation. *L'avenir nous le dira*, pensa-t-elle. Pressé par l'heure il dut se rendre à son travail au bout d'un moment de digression.

— Désolé, il va falloir que j'y aille !
— Bien sûr, je vous en prie. À bientôt !
— À bientôt !

Un petit regard appuyé lui avait suffi pour comprendre qu'il y aurait une nouvelle rencontre. Elle se leva du banc et partit de son côté. En se séparant, elle ruminait :

« *Je suis certaine qu'il est en couple. Il doit avoir une femme qu'il aime et des enfants blonds et* rieurs. Des hommes comme lui sont rarement libres ou ils ne le restent jamais très longtemps. Il ne m'a pas attendue, elles doivent être nombreuses à le convoiter. On verra bien. Mais il faut que je reste sur mes gardes. Un homme peut avoir des vices cachés sous une belle apparence. Sûrement. Il doit y avoir un truc qui cloche chez lui. Un gros défaut que je vais découvrir. Ou alors, la chance va enfin tourner ? On verra bien. Si je sens le moindre danger, je prendrai mes distances immédiatement. Je ne veux plus souffrir. En même temps, la prise de risque, cela fait partie du jeu. À condition de ne pas s'y bruler les ailes. »

13

Le lendemain, Caroline eut enfin les résultats de l'analyse du sang retrouvé sur les lieux du crime. Il s'agissait effectivement de sang humain, du groupe *A positif*, un groupe très répandu.

— Cela ne va pas faire avancer l'enquête, soupira-t-elle. Trouver une victime avec ce groupe sanguin aussi courant, vraiment, je ne vois pas comment… Il nous faut d'abord trouver où les traces de sang nous mènent. Elles s'arrêtent subitement place du Marché-Gayot, d'une façon inexplicable. Quelqu'un l'aurait trouvé blessé et transporté à l'hôpital ?

— Cette enquête s'annonce vraiment difficile. Du sang et pas de corps, des traces qui s'arrêtent subitement et un message crypté. À ce propos, je vais voir si Alain a pu avancer dans ses recherches.

Elle fonça vers le bureau de l'informaticien.

— Alors, où en es-tu avec ce décryptage ?

— Oui, bonjour aussi. J'ai trouvé quelques lettres correspondantes à l'alphabet du tueur du Zodiaque, mais il y en a d'autres complètement inconnues. Je vais relancer une nouvelle attaque.

— Ok. Et tâche de gagner la bataille, cette fois...

Alain la regarda avec un sourire comme seule réponse et se mit au travail.

14

Quand Caroline arriva au commissariat le lendemain, elle salua ses collègues et se dirigea directement vers le bureau d'Alain qu'elle trouva endormi sur son clavier. Elle décida de lui faire couler un café noir bien tassé pour le mettre dans de meilleures dispositions. Elle toqua sur le bord du bureau pour le réveiller doucement. Comme il ne réagissait pas, elle entreprit de le secouer un peu, quand enfin il émergea.

— Bonjour ! Tiens, je t'ai apporté un café fort pour te réveiller complètement.

Alain la regarda avec ses yeux hagards et la remercia pour cette charmante attention.

— Merci. Pas de croissants ?

— Non, désolé, je n'ai pas pensé que tu passerais la nuit ici...

— Moi non plus...

Alain émergea lentement, s'étira et prit une gorgée de café chaud.

— Alors, la nuit a porté ses fruits ?

— Oui, tu vas être contente, je pense avoir déchiffré la totalité du message et en avoir déduit un texte en clair.

Il lui montra le message avec la traduction en texte :

LA DAGUE SE TROUVE

LÀ OÙ L'EAU SORT

DE LA BOUCHE

DES DEUX VISAGES

— Une dague serait l'arme du crime ? Il n'était sans doute que blessé, ce qui expliquerait les traces de sang laissées sur une longue distance. Mais où la trouver ?
— Ça, c'est ton boulot, Caroline.
— Je sais bien, mais l'assassin nous fait croire qu'il veut nous aider, en nous posant une énigme à résoudre avant de trouver l'endroit où se trouve cette dague.
— Il est joueur sans doute !
— S'il veut jouer, on va jouer. Merci beaucoup !
— Avec plaisir, répondit Alain, encore un peu dans le brouillard d'une mauvaise nuit.

Caroline rejoignit son bureau en se posant une multitude de questions.

— *Deux visages…* : peut-être une des nombreuses sculptures de la cathédrale ? *Là où l'eau jaillit…* : sans doute une gargouille ?

Elle décida de mettre son groupe sur le coup pour plus d'efficacité. Elle rassembla sa petite équipe, rentrée de congés, dans le bureau qu'ils partageaient, pour les mettre au courant de l'affaire en cours.

Elle était composée du major Lucas Munch, un petit homme rond d'une quarantaine d'années, déjà chauve et moustachu. Après une carrière ennuyeuse de fonctionnaire au Trésor public, il avait suivi le parcours classique de l'école de Police pour changer d'air. Le Brigadier Marie Kostmann, fine trentenaire avec de longs et superbes cheveux noirs rehaussés d'une mèche rouge. Depuis sa plus tendre enfance, elle avait toujours rêvé d'intégrer la Police nationale. Sortie major de sa promotion, elle avait porté son choix sur Strasbourg, ville d'origine de ses parents. Elle avait rejoint le groupe depuis quelques mois seulement.

— Alors, ces vacances, pas trop fatigantes ?

Les deux agents sourirent à ce jeu de mots de leur supérieure. Marie commença :

— J'étais dans le golfe du Morbihan où j'ai bullé sur la plage de l'Ile d'Arz et visité pas mal d'endroits plus magnifiques les uns que les autres : Auray, Rochefort-en-Terre, le château de Josselin, la côte sauvage de Quiberon, Vannes et les alignements de Carnac, bien sûr. C'est vraiment beau partout, la Bretagne. Je recommande fortement. J'ai même poussé jusqu'au mont

Saint-Michel, en Normandie, qui mérite bien son surnom de « La Merveille » !

Caroline se tourna vers Lucas.

— Pour ma part, j'ai loué un studio aux Contamines-Montjoie, dans les Alpes de Haute-Savoie. J'ai fait une petite incursion à Chamonix où j'ai pris le train du Montenvers pour me rendre à la Mer de Glace qui fond comme peau de chagrin. J'ai effectué plusieurs belles randonnées : le glacier de Tré-la-Tête, les lacs Jovet, situés dans un cadre magnifique au pied du mont Tondu, le col du Bonhomme ainsi que le mont Joly où l'ascension fait pleurer les mollets, un sommet culminant à 2 525 mètres d'altitude dans le massif du Beaufortin. Vous connaissez ?

— Non, désolée, mais je passe la plupart de mes vacances ici.

Cette dernière remarque laissa un grand silence pendant quelques secondes. Pour briser la glace, Marie interpela Lucas par un trait d'humour, en lorgnant une pierre posée sur son bureau.

— C'est quoi, ce truc ?

— Un morceau de cristal de roche qui me sert de presse-papiers...

— Pourquoi tu as un presse-papiers ? Tu as du vent sur ton bureau ?

Ils rirent tous les trois. Lucas reprit son sérieux pour expliquer :

— Quand tu respectes les objets, ils te racontent des histoires, il suffit de les écouter...

Caroline se reprit rapidement pour leur parler de l'enquête en cours, des renseignements récoltés jusque-là, de ses doutes et de son questionnement. Devant le tableau d'investigation, Caroline commença à exposer les faits, appuyée par les photos affichées.

— Nous avons trouvé du sang sous la porte sud de la Cathédrale, du sang humain comme on le pensait. Mais nous n'avons pas de corps auquel le relier. D'autant plus que son groupe sanguin, du *A positif*, est très courant. Les traces en pointillé viennent du fait que le blessé aura sans doute essayé de stopper le flux de sang coulant de la plaie tant bien que mal. Mais où est-il ? J'espère qu'on pourra le retrouver vivant et qu'il pourra nous raconter toute l'histoire. D'autant plus que c'est surtout la seule piste que nous ayons pour l'instant.

Elle s'adressa à Lucas.

— Toi qui es féru d'Histoire, les dagues, ce sont des armes médiévales, non ?

— Oui, elles datent effectivement du Moyen Âge... On s'en servait souvent à l'époque pour tuer de près les gens gênants.

— Un crime rituel, tu penses ? Une vengeance ?

— Trop tôt pour le dire...

Elle leur montra les différentes photos prises sur les lieux du crime, la piste du sang et le message du tueur présumé, agrandi pour une meilleure lecture.

— Comme vous le constatez, la seule piste que nous ayons pour l'instant est cette trace de gouttes de sang qui nous mènent à la place du Marché-Gayot et s'arrête net au pied de la sculpture contemporaine. C'est à cet endroit que nous avons trouvé le message codé qu'Alain Delaunay, notre merveilleux informaticien et bidouilleur de génie, a pu décrypter grâce à un protocole connu de lui seul. Une double énigme nous est posée par l'assassin : d'abord, à qui appartient ce sang ? Il nous faudra la résoudre avant de trouver l'endroit où se trouve cette dague, sans doute l'arme du crime. Le message parle de *deux visages* : il pourrait s'agir d'une des nombreuses sculptures doubles de la cathédrale ? *Là où sort l'eau* : une gargouille ? L'énigme principale est : où se trouve le corps de la victime ? Est-elle décédée ou a-t-elle pu se réfugier chez quelqu'un ?

— S'il a pu effectuer tout ce trajet, on peut espérer le trouver vivant.

— Tu as raison Lucas. Tu vas téléphoner à tous les hôpitaux de la ville et des alentours pour savoir s'ils n'ont pas réceptionné aux urgences un blessé par arme blanche.

— Ok.

— Marie, tu vas suivre avec moi la piste de cette foutue dague que nous devons absolument retrouver.

— D'accord.

— Bien, on y va. Lucas, tu téléphones aux hôpitaux et Marie vient avec moi.

Elles se décidèrent à arpenter la ville à la recherche de la solution de cette énigme. En commençant par la cathédrale, là où Caroline pensait trouver les deux visages et la gargouille supposée être le bon endroit de la cachette. Elles firent tout le tour de l'édifice, en commençant chacune d'un côté pour se rejoindre sur le parvis. En observant les statues innombrables de la bâtisse, elles virent souvent deux visages côte à côte : les vierges sages, les vierges folles, les prophètes, les vertus terrassant les vices et autres, mais aucune gargouille à ce niveau-là. Elles se retrouvèrent devant la façade occidentale et constatèrent qu'elles avaient fait chou blanc. Elles décidèrent de monter sur la plate-forme, uniquement accessible par l'escalier et ses trois cent trente marches en colimaçon. Dans les parties à claire-voie, elles purent observer toutes les gargouilles pendant leur ascension, mais sans succès. Caroline avait du mal à monter, à cause du manque d'exercice sans doute et un peu aussi du vertige. Marie l'attendait à chaque pause et en profitait pour reprendre son souffle. Elle avait aussi quelques difficultés, malgré les joggings qu'elle s'imposait, sauf en vacances. Elles arrivèrent époumonées à la cabane des gardiens. Elles payaient leur manque d'activité sportive. Une fois leur respiration reprise, elles firent le tour des gargouilles visibles depuis cet endroit.

La cathédrale Notre-Dame de Strasbourg, terminée en 1439, est longue de 111 m, large de 51,5 m et haute de 142 m jusqu'au sommet de la flèche et 66 m jusqu'à la plate-forme qui domine la place, avec un panorama exceptionnel sur la ville d'un côté et de l'autre sur les contreforts de la Forêt-Noire en arrière-plan.

Une fois redescendues par le chemin de retour, toujours en observant les gargouilles, elles se regardèrent avec une mine déconfite qui exprimait leur déception. Elles décidèrent d'inspecter l'intérieur du monument où il restait un petit espoir de découvrir quelque chose.

— Si ce n'est pas à l'extérieur, c'est peut-être à l'intérieur ?

— Pas bête ! Les gargouilles non, mais les visages sculptés peut-être. Allons-y !

À peine entrées dans la cathédrale par la nef centrale, elles s'immobilisèrent. L'émotion suscitée par ce volume démesuré était toujours la même. En plus, ce jour-là, elles furent accueillies par les sonorités d'une chorale que dirigeait un jeune séminariste officiant comme chef de chœur. Les voix cristallines de ces jeunes garçons n'ayant pas encore mué magnifiaient l'harmonie de ce lieu déjà magique. Elles furent prises un instant par la grâce de ce chant venu d'ailleurs, incapables de bouger. Puis Caroline se tourna vers Marie pour lui rappeler qu'elles étaient en service.

Elles se dirigèrent vers la porte sud. Sur la colonne des Anges, elles virent effectivement des personnages intéressants mais, bien sûr, aucune gargouille ni eau ruisselante à cet endroit.

— Il faut admettre que l'on s'est trompées, Marie. Ce n'est certainement pas sur ou dans la cathédrale que nous trouverons la dague.

— Je suis assez d'accord, Caroline.

— Rentrons au commissariat et essayons de voir si internet peut nous aider.

— Oui, et cela nous économisera nos chaussures.

— Et notre énergie... Après cette rude montée, on a bien le droit de se reposer un peu.

Elles souriaient en se dirigeant vers un célèbre glacier de la rue Mercière, afin de se récompenser de l'effort fourni avec un cornet de glace, vanille-fraise pour Caroline et menthe-chocolat pour Marie. Elles prirent place sur un banc de la place des Tripiers, en se regardant. Elles souriaient comme deux petites filles gourmandes comparant leurs langues colorées, se délectant de leur sorbet rafraichissant.

De nombreuses maisons ayant été détruites à cet emplacement pendant la Deuxième Guerre mondiale, la place des Tripiers est aménagée en 1957. En 2000, la mise en place d'un tonneau géant, remplacé en 2018, et la plantation de sept mâts de vignes fait référence au nombre de cépages cultivés en Alsace, qui sont ainsi mis à l'honneur. La statue de Liebenzeller, réalisée par le sculpteur Christian Fuchs et la fonderie Strassacker, a été inaugurée le 16 avril 2018. Le socle, haut de 1,8 m, a été exécuté par l'Œuvre de Notre-Dame. La statue en bronze pèse quant à elle sept cents kilos et sa hauteur est de 2,50 m. Reinbold Liebenzeller fut le vainqueur de la bataille de Hausbergen en 1262 contre l'évêque de Strasbourg de l'époque, Walter de Geroldseck. La tour d'habitation de la famille Liebenzeller est encore visible de nos jours au 6 de la rue du Vieux-Seigle.

Catherine, ayant terminé sa glace en premier, se mit à rêver en pensant subitement à Barnabé.

J'étais assise sur un banc de cette même place des Tripiers, occupée à rêver. Je me suis mise à penser à Barnabé, cette sympathique grande tige ébouriffée aux yeux clairs. Jeune SDF d'une trentaine d'années avec une coquetterie dans l'œil, il vivotait dans le centre-ville en recherchant des endroits ensoleillés. Quand je l'aperçus pour la première fois devant la cathédrale, il me tendit la main avec un grand sourire, pour me demander une pièce ou une cigarette. Je me suis arrêtée pour lui répondre que je ne fumais pas. Sans doute habitué aux refus, il continua son chemin. Lors de nouvelles rencontres, je lui achetais souvent un petit pain qu'il acceptait comme sans doute l'unique repas de la journée. La viennoiserie était devenue un rite entre nous, comme une petite tradition. À chaque fois que l'on se croisait, il me saluait et je lui répondais toujours par un hochement de tête et un sourire. Lors d'une de mes déambulations dans la ville, je m'étais arrêtée pour discuter avec lui un peu plus longtemps, afin d'essayer de comprendre comment il en était arrivé là, et trouver les mots qui réchauffent l'âme quelques instants. Je ne comprenais pas comment un beau jeune homme comme lui s'était retrouvé dans cette situation. Je sentais bien qu'il avait besoin de parler. Tous deux assis sur un muret de cette place des Tripiers, au soleil évidemment, il m'apprit qu'il s'appelait Barnabé mais préférait oublier son nom de famille. Je lui répondis que je m'appelais Caroline, histoire de briser la glace. À ce moment-là, je pris la décision de ne pas l'informer de mon métier. Il se serait sans doute fermé comme une huitre en apprenant que j'étais officier de police. Il parla beaucoup ce jour-là, sans que je lui pose la moindre question. Il prétendait avoir eu des dissensions familiales avec ses frères et sœurs, mais surtout avec ses parents, depuis longtemps.

« Mon père, un riche industriel de l'armement, pensait régler tous les problèmes avec son argent. Mais les liens affectifs ne s'achètent pas. Je souffrais d'un immense manque d'affection. Je refusais cet argent qui venait de la vente d'armes qui tuent des innocents. On s'était souvent accrochés avec mon père à ce sujet. Je lui expliquais que la vente d'armes et la religion étaient complètement contradictoires. Il me répondait toujours par des arguments financiers. Impossible d'avoir une discussion objective avec lui, il voulait toujours avoir le dernier mot. Mes parents sont des catholiques traditionalistes très pratiquants, ils vivent dans une autre époque : des cathos coincés, quoi. Par contradiction, je ne rentre plus jamais dans aucune église ni cathédrale. Mes frères et sœurs ont choisi de rester à l'abri du besoin avec ce fric qui puait. Je ne pouvais leur en vouloir. À l'aube de mes vingt ans, j'ai fourré quelques affaires dans mon sac à dos pour retrouver une certaine forme de liberté, en me mettant en retrait de la société. J'ai gardé un temps le contact avec ma mère à qui j'envoyais des messages, mais les réponses devenaient de plus en plus rares jusqu'à leur

absence totale. À ce moment-là, je me suis retrouvé vraiment seul. »

Ces confidences lui faisaient du bien en même temps qu'elles lui pesaient, et je voyais bien qu'il avait beaucoup de peine à sortir ces derniers mots. J'ai croisé Barnabé durant plusieurs années, mais plus depuis bien longtemps. Il aura sans doute décidé de changer de coin, ou il s'est évaporé telle une étoile filante, comme d'autres compagnons de misère... Je continuais ma balade avec une petite tristesse dans le cœur.

Caroline sentit un coup de coude de Marie contre son flanc, ce qui la fit revenir à la réalité.

— On y va, Caroline ?

— Oui, on y va.

Elles se levèrent de concert pour retourner au commissariat.

15

Un nouveau débriefing réunissait Caroline et Marie. Elles avaient déjà pris place devant le tableau d'investigation quand Lucas entra dans le grand espace qu'ils partageaient.

— Alors ? lui demanda Caroline.

— Rien. J'ai contacté tous les services d'urgence des cliniques et des hôpitaux de l'agglomération strasbourgeoise sans succès. Ils n'ont noté aucune admission pour blessure à l'arme blanche dans aucun établissement de soins de la ville, ni aux alentours. Et vous, de votre côté ?

— Rien non plus. Avec Marie, nous avons contourné la cathédrale, sommes montées sur la plate-forme et avons même regardé à l'intérieur.

— Vous êtes arrivées jusqu'en haut ?

— Tu doutes de nos capacités ?

— Loin de moi cette idée…

— Tu es très drôle, tu sais.

— Je sais, je sais…

— Mais nous n'avons rien trouvé qui pourrait correspondre à une eau sortant de deux visages. Les gargouilles sont un véritable bestiaire de pierre qui doit éloigner à la fois l'eau et le diable, des têtes d'animaux donc, mais aucun visage humain. Nous allons tous les trois effectuer des recherches sur internet pour trouver la solution à cette énigme. On ne va pas continuer à user nos guêtres pour arpenter la ville… Et ça ira sans doute plus vite ! Ce n'est pas l'administration qui va nous payer de nouvelles chaussures. Allez, au boulot !

Les trois enquêteurs se mirent chacun à leur bureau pour commencer les recherches afin d'essayer de percer le mystère de ce message codé.

Caroline était si concentrée sur sa recherche dans internet que la sonnerie de son téléphone la fit sursauter. Elle décrocha aussitôt.

— Oui…

Son visage changea d'expression tant la nouvelle devait être bonne. En raccrochant au bout d'un moment, elle s'adressa à ses deux collègues avec qui elle partageait son bureau.

— Bonne nouvelle ?

— Oui, on vient de retrouver un cadavre flottant dans l'Ill, coincé entre des péniches amarrées au quai des Pêcheurs. Je vais aller jusqu'à l'angle du quai Saint-Etienne pour atteindre la berge par l'un des deux escaliers d'accès. Je superviserai aux jumelles et toi Marie, tu te rendras sur le quai des Pêcheurs et tu me feras un rapport une fois sur place.

— Ok. Je file. On se retrouve sur place. À tout de suite !

Marie, connaissant la phobie de sa supérieure, prit son arme et l'enfonça dans le holster. Elle partit immédiatement pour embarquer sur la petite vedette amarrée sous la terrasse de l'Ancienne Douane non loin du commissariat, afin de se rendre sur place. Jean-Marie Felten, le médecin légiste, roux, la quarantaine et un sourire permanent, était déjà sur place. Après des études classiques de médecine, il avait choisi comme spécialité la médecine légale sous prétexte que les patients ne se plaignaient jamais. Son sourire énervait parfois Caroline. C'est pour cette raison qu'elle l'appelait le plus souvent JM, ce qu'il ne supportait pas et rectifiait toujours en prononçant son prénom en entier.

16

Il y avait déjà une certaine effervescence sur le quai. Le légiste procédait déjà aux premières constatations, penché sur le corps hissé sur la berge, quand Marie arriva sur les lieux.

— Bonjour tout le monde, lança-t-elle à la P.T.S., en arrivant sur les lieux.

Elle eut toute une chorale de *bonjour* en retour des techniciens sur place. Elle s'adressa à Jean-Marie pour connaitre ses premières impressions.

— Alors, Jean-Marie, quelles sont vos conclusions ?

— Bonjour Marie. Caroline n'est pas avec vous ?

— Non, mais elle n'est pas loin. Elle se trouve sur le quai en face et attend mon rapport.

Jean-Marie se retourna vers le quai opposé avec un sourire et la salua de la main. Elle fit de même.

— Je vais allumer mon portable pour qu'elle puisse profiter de vos conclusions.

— Ok. Allons-y. Tout ce que je peux dire à ce stade est qu'il s'agit d'un homme pas très grand, un mètre soixante environ, d'une cinquantaine d'années et en surcharge pondérale. Raison pour laquelle il flotte si bien. Il est resté accroché au gouvernail d'une des péniches. Il a été découvert par Vanessa, une serveuse faisant sa pause sur le pont du bateau restaurant. Elle a été particulièrement choquée. Le médecin du SAMU s'occupe d'elle, dit-il en pointant son doigt sur la jeune femme assise à l'arrière de l'ambulance, enveloppée d'une couverture de survie. Ils vont l'emmener en observation, je pense. Il est vrai que l'on ne se trouve pas tous les jours face à un cadavre. Notre homme a été poignardé à plusieurs reprises à différents endroits et le coup porté au cœur a été fatal. J'espère qu'il l'a eu en premier pour ne pas subir les autres blessures qui ont dû le faire souffrir horriblement.

— Il s'agit donc bien d'un meurtre. Vous avez une idée sur l'arme utilisée et l'heure de la mort ?

— J'y viens. D'après les blessures, je dirais qu'il s'agit d'une lame fine très aiguisée, car la pénétration est profonde, genre stylet ou pic à glace. Peut-être un fan de *Basic Instinct*... Je pense qu'il est décédé depuis plusieurs heures déjà. Difficile d'être plus précis pour le moment car il a séjourné longtemps dans l'eau. Je le saurai plus précisément après l'autopsie.

— Pour l'arme du crime, pourrait-il s'agir d'une dague ?

— C'est possible, oui. Qu'est-ce qui vous suggère une telle arme ?

— Le message codé que Caroline a trouvé sur la place du Marché-Gayot parle de l'endroit où se trouverait une dague.

— L'assassin vous donne une piste pour retrouver l'arme du crime ?

— Oui, apparemment ! Je pense plutôt qu'il nous nargue pour voir si nous faisons fausse route ou si nous touchons au but. Apparemment, il est plutôt joueur !

— Je vais pratiquer l'autopsie sans attendre, car l'eau a déjà dû effacer pas mal d'indices. Il a dû être immergé plus haut. Il y a un accès facile au quai au Sable. Je pense que c'est sans doute à cet endroit qu'il a pris son dernier bain.

— Super ! Merci beaucoup Jean-Marie.

— Avec plaisir, Marie !

Marie repartit en bateau avec le pilote pour traverser la rivière Ill et retrouver Caroline sur la berge opposée. À peine débarquée, elle lui fit un rapport succinct, Caroline ayant entendu toute la conversation avec le légiste.

— Si cet homme a été poignardé récemment, il se peut qu'il s'agisse de notre victime. J'ai pris une photo, dit-elle en lui montrant le portrait pris avec son portable.

— Cela nous aiderait à faire avancer l'enquête, même s'il n'avait aucuns papiers sur lui nous permettant de l'identifier. Encore une difficulté supplémentaire…

— Le légiste supposait une immersion du corps sur le quai au Sable.

— On va y passer en rentrant. Il y a effectivement moyen de descendre sur la berge en pente douce à cet endroit.

Caroline s'adressa au pilote de l'embarcation.

— Vous pouvez rentrer Éric, on va marcher un peu.

Il fit un signe de la main et accéléra pour filer en direction de l'embarcadère.

En promenant leurs regards sur la berge du quai au Sable, elles aperçurent un endroit où l'herbe avait été tassée.

— Il se peut bien que JM ait raison. C'est la trace d'une présence, quelque chose de lourd, sans doute le corps de ce pauvre homme.

En marchant vers le commissariat, Caroline donna quelques instructions à Marie.

— Tu vas vérifier dans les disparitions inquiétantes...

— Ok. Mais si je ne trouve rien, il va falloir attendre que quelqu'un signale son absence.

— Oui, mais cela va bien aboutir à un moment !

— Je l'espère vraiment !

Elles traversèrent la terrasse du château des Rohan que Caroline affectionnait particulièrement.

Ce palais, achevé en 1742, était la résidence des princes-cardinaux de Strasbourg. Il abrite aujourd'hui trois musées : le musée des Arts décoratifs, le musée des Beaux-Arts et le musée archéologique. Il fait l'objet d'un classement au titre des monuments historiques depuis le 20 janvier 1920.

Une fois rentrée au bureau, Caroline expliqua à Lucas les derniers développements de l'affaire.

— Tu vas continuer à rechercher la clé de l'énigme de la dague et toi, Marie, tu vas ausculter le fichier des alertes pour personnes disparues récemment, pendant que je vérifie si personne n'a signalé son absence ou déposé une main courante le concernant.

17

Le lendemain, Caroline et Marie se rendirent à l'I.M.L. pour les résultats de l'autopsie pratiquée par Jean-Marie Felten. Elles saluèrent le médecin légiste et s'installèrent autour de la table où se trouvait allongé le corps de la victime. Il commença son compte rendu en découvrant le corps jusqu'à la taille.

— Il s'agit bien de blessures à l'arme blanche par une dague médiévale très effilée, datant du XIIe ou XIIIe siècle, selon la composition des fines particules de métal prélevées dans les différentes plaies, révélées par spectroscopie. D'après l'étude des diatomées, la mort se situe entre vingt heures et vingt-trois heures, la veille de la découverte. Le coup dans le cœur a malheureusement été le dernier, comme si on avait voulu faire souffrir la victime avant de lui porter le coup de grâce. L'assassin s'est particulièrement acharné sur sa victime, lui portant neuf coups très violents à plusieurs reprises pour accentuer son agonie avant de porter le coup fatal. Pas d'eau dans les poumons, il s'agit bien d'une immersion *post mortem*. Le groupe sanguin est identique à celui retrouvé dans les traces relevées le long de la Cathédrale. L'examen toxicologique n'a décelé aucune trace de substances comme alcool, stupéfiants ou médicaments. Les examens complets n'ont révélé aucune anomalie.

Il se retourna pour se saisir d'une enveloppe qu'il tendit à Caroline.

— Elle contient les résultats détaillés des différents examens, avec toutes les photos prises sur site.

— Je vous remercie, Jean-Marie. À bientôt !

— Avec plaisir !

Marie se dépêcha de sortir de la salle de la morgue avec son mouchoir sur le nez, car elle ne supportait pas l'odeur ou la vue d'un cadavre. Elle prit un grand bol d'air frais. Elles s'en retournèrent au commissariat avec ces nouvelles informations.

18

Caroline sortit les photos pour les fixer sur le tableau d'investigation et Marie fit la moue en voyant celles des blessures infligées à ce pauvre homme. Lucas réagit.

— Une dague médiévale, c'est sans doute un collectionneur !

— Bonne hypothèse, Lucas. Fais-moi une recherche de tous les passionnés du Moyen Âge de la région férus d'armes blanches. Les armes anciennes sont toutes répertoriées, donc cela devrait aller assez vite !

— Sauf s'il s'agit d'une arme non déclarée ou volée !

— Alors là… Ça va être chaud. Tu as pu avancer sur l'énigme ?

— Pour le moment, je n'ai aucune piste sérieuse, mais je m'accroche.

— Pas de résultats non plus dans les personnes disparues, ajouta Marie.

— En attendant que quelqu'un se manifeste, tu vas aider Lucas dans la résolution de l'énigme.

— Ok.

Caroline voyait cette enquête assez mal engagée pour l'instant. Sans l'identité de la victime, impossible de remonter jusqu'à son assassin. Mais elle était persévérante. Elle savait qu'avec l'aide de son équipe de choc, ils allaient résoudre cette enquête pleine de mystères.

19

Après une longue conversation, Caroline raccrocha son téléphone et s'adressa à ses deux adjoints.

— C'était la fondation de l'Œuvre Notre-Dame, gestionnaire de la cathédrale Notre-Dame. Elle vient de me signaler l'absence de son sacristain depuis deux jours. Selon la description, il s'agit bien de notre victime. Nous allons les voir rapidement pour en savoir plus sur cet homme. Mais qui a bien pu en vouloir à un sacristain au point de le tuer ?

La mission première de la Fondation est l'entretien, la conservation et la restauration de la cathédrale de Strasbourg. La fondation de l'Œuvre Notre-Dame a depuis 1999 le statut de maitre d'ouvrage délégué pour certains chantiers d'entretien, de conservation et de restauration de la cathédrale. Entièrement construite en grès des Vosges, l'édifice nécessite des travaux de réfection en permanence, cette pierre étant très friable. La maitrise d'œuvre des opérations est assurée par un architecte en chef des Monuments historiques.

Rendez-vous est pris avec un responsable pour le lendemain vers quatorze heures, dans les bureaux administratifs situés place du Château.

20

Caroline et Lucas, arrivés sur les lieux du rendez-vous, furent reçus par le père Benoît, un homme austère avec un port de tête hautain et un sourire pincé dans son col romain et son habit de prêtre gris, orné d'une petite croix argentée sur le revers de la veste.

— Bonjour, dit le prêtre aux deux policiers qui se présentèrent avec leur carte. Je vous attendais.

Il les fit entrer dans le vaste bureau et les pria de prendre place sur des chaises en osier tressé.

— Je vous remercie de nous recevoir aussi vite. Nous aimerions en savoir davantage sur votre sacristain. Selon le portrait que vous en avez fait au téléphone, il correspond bien à la victime que nous avons retrouvée hier flottant dans l'Ill. Lucas lui montra la photo sur son téléphone.

L'ecclésiastique eut du mal à se contenir avant de commencer à parler doucement.

— C'est bien lui. Il s'appelle…, s'appelait, Sorin Alexandru, d'origine roumaine. Il vivait en France depuis plus de vingt ans, je crois… Il était plutôt introverti mais avait tout de même de bons rapports avec les paroissiens. Quand on est solitaire et taiseux, difficile de construire une vie sociale. Je ne pense pas qu'il ait eu des amis avec lesquels prendre un verre le soir ou aller au restaurant, par exemple. Il avait dû quitter son pays d'origine, poussé par la misère. Après une longue traversée de plusieurs pays, son frère Radu qui l'accompagnait est décédé dans un accident de la route. Un camion qui roulait à vive allure a fait une sortie de route et a percuté Radu de plein fouet. Il est mort sur le coup. C'est en tout cas l'histoire assez floue qu'il nous a racontée... Sorin est arrivé miraculeusement à Strasbourg seul et complètement démuni. Il venait souvent à la cathédrale et priait avec une grande ferveur. Un prêtre ayant remarqué sa présence quotidienne lui proposa le poste de sacristain qu'il accepta tout de suite avec des étoiles dans les yeux. Il nous avait affirmé que son travail de ferrailleur au Port du Rhin ne le satisfaisait pas car son patron l'exploitait outrageusement. Il s'est alors rapproché du centre-ville et de la cathédrale pour y faire la manche et entrait pour prier quasiment tous les jours.

Après ce récit, ni Lucas ni Caroline n'avaient le cœur à poursuivre. Mais il le fallait...

— C'est une histoire terrible que vous nous racontez là ! Lui connaissiez-vous des ennemis, des gens qui auraient pu lui en vouloir ?

— Franchement non, il était gentil avec tout le monde. Je pense pouvoir affirmer qu'il était aimé de tous.

— Sauf de son assassin, rétorqua Lucas.

— Je ne comprends pas comment quelqu'un a pu commettre ce geste irréparable.

— Vous connaissiez ses habitudes, les lieux qu'il fréquentait...

— À vrai dire, quand il avait terminé sa journée, il faisait ce qu'il voulait et pouvait fréquenter les gens qu'il voulait. Peut-être une mauvaise rencontre ?

— Tout est possible à ce moment de l'enquête. Vous savez où il logeait ?

— Il avait un petit studio sur la place du Vieil-Hôpital, je crois...

Le prêtre sortit un carnet d'un tiroir de son bureau.

— Oui, c'est bien ça, dit-il en consultant le registre, au numéro neuf, au cinquième et dernier étage sous les combles.

— Auriez-vous un double des clés ?

— Non, malheureusement. Je pense qu'il devait les garder sur lui.

— Le problème, c'est que nous n'avons rien trouvé sur lui, ni clés ni papiers. L'assassin les aura sans doute subtilisés pour nous compliquer la tâche. Nous allons devoir trouver les coordonnées du propriétaire.

— Je vous remercie pour tous ces renseignements. Nous allons effectuer des recherches, découvrir le nom du propriétaire pour récupérer un jeu de clés, ainsi qu'effectuer une perquisition dans son appartement pour essayer de trouver des indices qui nous mèneraient sur une piste.

— Ravi d'avoir pu vous aider. Merci de me tenir au courant de vos investigations : j'aimerais tout de même comprendre le fin mot de l'histoire et savoir qui a bien pu en vouloir à ce pauvre homme au point de l'éliminer.

— Comptez sur nous ! Encore merci !

— C'est le moins que je puisse faire.

Lucas suivit Caroline qui prenait le chemin de la sortie du bureau.

— Tu comptes vraiment le tenir au courant de l'avancée de l'enquête ?

— Pour cela, il faut que nous trouvions quelque chose...

— Je vais effectuer une recherche pour dénicher le propriétaire, cela devrait être assez facile. Je vais lui téléphoner afin de récupérer un double des clés.

— Je vais appeler le procureur dans la foulée pour obtenir une commission rogatoire en urgence afin de perquisitionner chez lui dès demain.

21

La perquisition de l'appartement de Sorin Alexandru venait de commencer. Marie avait sonné à la porte voisine pour qu'un témoin puisse être présent, comme l'exige la loi. Les clés récupérées chez le propriétaire et la commission rogatoire en poche, Caroline, accompagnée de Marie et Lucas, entra dans le studio sous les combles en enfilant des gants pour ne pas laisser d'empreintes. Le témoin resta sur le pas de la porte.

— Pouah, quelle odeur !

Lucas entreprit d'ouvrir la fenêtre pour renouveler l'air ambiant, nauséabond.

— Vu la taille du studio, cela va être vite fait, glissa Caroline.

— Vu le bordel, ça risque d'être un peu délicat !

— C'est ce qu'on appelle le syndrome de Diogène, précisa Marie. C'est un trouble du comportement complexe, avec un mode de vie se caractérisant par une tendance à l'accumulation, une négligence de son hygiène et un isolement social.

Lucas ne put s'empêcher d'ajouter :

— Vu l'état de l'appartement, il était gravement atteint, notre sacristain ! Pour l'hygiène, je confirme !

Il n'y avait pas beaucoup de meubles, mais remplis de bibelots de toutes sortes. Une petite étagère avec quelques assiettes, des œufs décorés d'artisanat roumain et une écharpe brodée de grandes fleurs rouges qui avait sans doute appartenu à sa mère ou à sa grand-mère, tant elle était détériorée. Une blouse brodée de fil rouge avec un motif de rose sauvage était à peu près dans le même état. Personne n'osa la soulever de peur qu'elle ne se délite.

— Il gardait des souvenirs de son pays pour les moments de nostalgie, sans doute, fit Marie.

— À part un dictionnaire roumain-français et une bible, il ne possédait aucun livre. Ce qui m'inquiète toujours un peu, ajouta Lucas.

— Comme il travaillait beaucoup, il n'avait sans doute pas le temps de lire…

— Mais il regardait quand même la télé, en pointant son doigt vers un petit écran plat posé dans un coin.

Sur un des feux de la cuisinière subsistait une casserole, avec un reste de quelque chose d'une couleur douteuse qui collait au fond. Quelques réserves de pâtes et de riz, un paquet de petits gâteaux et une tablette de chocolat entamée se trouvaient dans un placard. Son lit était défait et les draps et la taie d'oreiller semblaient ne pas avoir été changés depuis longtemps, au vu de leur couleur. Ils inspectèrent minutieusement la surface du petit appartement sans y trouver la moindre trace d'objets suspects ou d'indices pouvant mener au commencement d'une nouvelle piste.

— Bref, il n'y a vraiment rien d'excitant ! Bon, je pense que l'on va rentrer au bercail. On ne trouvera rien d'intéressant ici.

Caroline sortit de l'appartement, suivie par Marie et Lucas.

— Attendez, dit Lucas, je vais refermer.

Il traversa la pièce pour aller fermer la fenêtre qu'il avait ouverte en entrant.

— C'est juste en cas de pluie.

Il se dirigea vers la porte, quand son pied se posa sur un endroit qui sonnait creux. Il se baissa, sortit de sa poche son couteau suisse pour glisser la lame dans un petit espace entre deux lattes. Il souleva la lame de parquet. Elle était effectivement désolidarisée des autres. Il découvrit une cavité qu'il éclaira avec sa lampe de poche, mais sans rien apercevoir. Il plongea une main au fond pour fouiller et en ressortir un paquet grossièrement ficelé. En ouvrant le colis, il trouva quelques grammes de cannabis.

— Sans doute sa consommation personnelle, je suppose.

Il introduit le tout dans un sac de scellé et se releva pour suivre ses collègues vers la sortie. Au moment où Lucas ferma la porte un peu brutalement, un bruit se fit entendre à l'intérieur. Il rouvrit la porte pour découvrir une planche à repasser tombée dans le couloir, sans doute déplacée au moment de ressortir de l'appartement. Quand il se baissa pour la redresser, il aperçut une grande déchirure dans la housse et une petite proéminence. En mettant une main dans la housse par l'ouverture, il trouva une grande quantité de billets de banque.

— Bingo ! Je savais bien qu'on trouverait quelque chose !

— C'est quoi ?

— Des images de la Banque de France !

— Il y a combien, selon toi ?

— Je dirais entre dix et quinze mille euros !

— Jolie somme pour un sacristain. Cela ne vient sans doute pas du denier du culte ! Allez, on plie !

Lucas glissa les billets dans un sac de scellé. Caroline s'adressa au témoin.

— Vous n'avez pas vu de mouvements suspects ces derniers temps ? Des gens qui venaient et repartaient rapidement.

— Non, vous savez, je ne m'occupe pas des voisins, je préfère...

— Merci beaucoup, monsieur, pour votre aide.

— Ce n'est pas comme si j'avais eu le choix !

Il rentra chez lui en claquant la porte, agacé d'avoir perdu du temps.

— Il est sympa, lui, rajouta Lucas avec un petit sourire en coin.

22

Une fois rentrée dans leur bureau, Caroline donna de nouvelles directives.

— Lucas, tu vas compter les billets et en trouver l'origine.

— Ok. Je m'en occupe tout de suite.

— Je vais aussi appeler la brigade des Stups, pour voir s'ils le connaissent.

— Cela peut être une possibilité… Mais je ne vois pas trop notre homme en trafiquant.

— C'est vrai qu'il n'avait pas le profil type, mais justement, il était plutôt discret et se fondait dans la masse. Tu sais, l'argent facile peut en tenter beaucoup… Surtout des gens aussi invisibles.

Caroline téléphona tout de suite au commandant Muller, de la brigade des Stups. En raccrochant, elle s'adressa à ses adjoints.

— Il m'a effectivement confirmé qu'il le connaissait. Il faisait partie d'un réseau qu'ils surveillent depuis un bon moment. Mais notre homme n'était qu'une nourrice, donc du menu fretin. Il ne les intéresse pas trop, surtout mort, mais il m'a tout de même remercié de les avoir avertis, car cela leur fera une personne de moins à surveiller. Ils pensent réussir à démanteler le réseau sans lui. Ce qui les intéresse, c'est de décapiter l'organisation. Le reste suivra !

Caroline était contente d'avoir un début de commencement de piste.

— Et nous, dit-elle en regardant Marie, nous allons continuer à plancher sur l'énigme de la dague.

— Ça risque d'être chaud !

— Oui, je sais. Raison de plus pour s'y mettre sans attendre.

Les deux femmes se mirent sur leur ordinateur pendant que Lucas comptait la liasse de billets.

— Douze mille cinq cents euros ! annonça-t-il fièrement au bout d'un moment. Avec cette somme, je pourrais partir en vacances dans les iles !

Caroline lui lança un regard explicite.

— Je plaisante ! Bien sûr. Je vais essayer de trouver leur provenance.

— Comment ça, « essayer » ?

— Je vais trouver, ne vous inquiétez pas. J'ai relevé les numéros de série et je vais les envoyer au labo pour analyse, je pourrai alors trouver plus facilement la piste de ces billets s'il y a des traces ou des empreintes exploitables.

Caroline et Marie souriaient en sachant très bien qu'il allait arriver à prouver l'origine de cette somme rondelette, Lucas étant réputé pour être un excellent policier.

23

Le lendemain matin, le résultat des analyses des billets de banques révéla effectivement des traces de cocaïne, mais aucune empreinte exploitable.

— Je m'en doutais un peu. C'était un petit revendeur qui stockait la came chez lui. Il était très prudent et devait utiliser des gants.

— Mais nous n'avons pas trouvé de drogue chez lui !

— C'est peut-être parce que nous n'en n'avons pas cherché ! Difficile de soupçonner un homme comme lui de trafic de stupéfiants.

— Je vais envoyer la Scientifique sur les lieux pour faire une nouvelle recherche approfondie.

Caroline téléphona à la P.T.S. afin qu'ils se rendent immédiatement sur les lieux et passent l'appartement au peigne fin à la recherche de cocaïne ou d'autres drogues dures.

— Voilà. La P.T.S. va retourner tout l'appartement et nous saurons rapidement si nous sommes passés à côté d'un stock de came ou non.

Le jour suivant, le rapport de la P.T.S. confirma qu'ils n'avaient trouvé aucune trace de substances illicites.

24

Marie-Julie Papillon, la trentaine joyeuse, était une petite brunette ronde un peu fantasque qui travaillait comme graphiste dans une agence de communication du centre-ville. Amie de longue date de Caroline, elle sortait souvent avec elle car sa présence lui apportait le petit brin de fantaisie qui lui manquait. Toujours habillée bizarrement, avec des robes à pois, des bottines à fleurs ou des jupes fluo avec des collants à rayures... Sa grande tignasse bouclée était agrémentée d'une ribambelle de rubans colorés et d'aiguilles à tricoter quand elle l'avait relevée en chignon ou quelque chose qui ressemblait plutôt à un nid de corbeaux avec des mèches de couleur s'échappant de tous les côtés. Elle osait tous les styles, surtout les plus mal assortis. Tous ses doigts étaient sertis d'une incroyable collection de bagues fantaisie, ainsi que d'une ribambelle de bracelets aux poignets et aux chevilles. Elle portait une quincaillerie de colliers en toc avec des têtes de mort et d'autres signes cabalistiques autour du cou, qui émettaient un bruit de ferraille à chacun de ses pas. Elle portait toujours ses rangers noirs, au point qu'on se demandait si elle ne dormait pas avec. Elle ne se souciait pas du qu'en-dira-t-on. Toujours sur sa planète, elle multipliait les bourdes. Elle ne comprenait pas, par exemple, qu'après avoir vu *Les Femmes savantes* au théâtre avec Caroline, on n'interpelle pas l'auteur pour venir sur scène. Caroline dut lui expliquer que Molière était mort.

— Ah bon ? C'était quand ?
— Depuis plus de trois siècles déjà !
— Ah bon...

Elle planait en permanence et pouvait discuter de tous les sujets, et cela faisait beaucoup de bien à Caroline. Présente à une « soirée filles », elle amusait la galerie. Elle commandait toujours le dessert en premier et pouvait continuer par une choucroute. Cela surprenait souvent le personnel du restaurant, sans qu'il lui fasse de remarque désobligeante ; tout au plus, une moue grimaçante d'étonnement ou parfois dédaigneuse.

25

Une nouvelle victime, signalée par un touriste, avait été retrouvée dans la cathédrale. Caroline et son équipe de choc se rendirent rapidement sur place. La P.T.S. était déjà arrivée et avait sécurisé l'endroit, en dissimulant le corps aux regards des gens déambulant dans ce lieu magique, derrière un paravent. Jean-Marie Felten, le médecin légiste était déjà penché sur la victime gisant sur l'escalier de la croisée du transept quand Caroline entra dans le monument en se dirigeant vers lui.

— Bonjour JM ! Déjà au boulot ?

— Oui, bonjour. J'étais dans le quartier quand j'ai eu le coup de fil me demandant de me rendre de toute urgence dans la cathédrale.

— Ah bon, il vous arrive de sortir de votre laboratoire ?

— Mais oui, j'ai aussi une vie privée, vous savez.

— Une maitresse dans les environs, Jean-Marie ?

— Allez savoir, dit-il en restant dans le vague pour ne pas en parler.

Le légiste salua Marie et Lucas de la main.

— Alors, qu'est-ce qu'on a ?

— Un prêtre d'une soixantaine d'années, avec de multiples fractures dues à des coups répétés avec un objet contondant. Sans doute un gros bâton ou une batte de base-ball. Très peu de traces de sang, le corps a été déplacé *post mortem*.

— Des traces de strangulation légères au niveau du cou correspondent à une pression manuelle. L'autre trace est vraisemblablement due à une corde... Une grosse corde !

Il leva la tête pour essayer de comprendre à quel endroit il a pu être pendu.

— Je ne vois pas où il aurait pu fixer la corde... Qui d'ailleurs a disparu !

— Vous voulez dire qu'il aurait été pendu ?

— Cela ne fait aucun doute. Une pendaison s'effectue généralement avec une corde, vous savez...

— Votre humour, JM, franchement !

— Jean-Marie, rectifia-t-il. On peut donc écarter la thèse du suicide. L'assassin a sans doute exercé une première pression avec ses mains pour lui faire perdre connaissance avant de le pendre, et d'essayer de maquiller son crime en suicide.

— Un pendu peut difficilement se débarrasser de sa corde ! Vous confirmez que c'est bien un homicide déguisé en suicide, alors ?

— Tout-à-fait, Caro.

— Caroline, s'il vous plait ! dit-elle en ironisant.

Cette remarque fit sourire le légiste.

— Je ne sais pas si c'est un mot d'humour, mais notre homme avait ce papier dans la main. J'ai eu beaucoup de difficultés à l'extraire de ses doigts recroquevillés.

Il le tendit à Caroline dans un sac à scellé. Elle scruta le papier et s'écria :

— Encore un message codé !

⊠ ↳ ⌂⊀⊼⊙⒠ ▲⒠♃⊠⊠⒠
⊞⊁⊼ ⊠⒠ ⌸⊼⒠⊞⊲⊼
⌂↳⌂⊕⒠ ↳ ▲⊲⊞ ⊠⒠⊁⊙

— Peut-être une deuxième victime du même assassin ?

— J'en doute, les tueurs en série utilisent toujours un processus identique. La première victime a été lardée de coups de dague et celle-ci a été pendue... Je vois plutôt un rapport avec la cathédrale, non ?

— En tout cas, l'équipe de la Scientifique est déjà à la recherche de cette corde.

Caroline se tourna vers Marie.

— Au fait, Marie, qu'est-ce qu'on a sur ce curé ?

— Pas grand-chose. J'ai envoyé la photo au père Benoît qui l'a reconnu formellement. Il s'agit du père Anselme, soixante ans, qui œuvrait à la fondation Notre-Dame depuis une vingtaine d'années. Bien noté par ses pairs, il était apprécié de tous.

— Une adresse ?

— Il logeait apparemment à la Fondation, dans une petite pièce assez sobrement meublée.

— Nous allons tout de même y faire un petit tour...

— Sans commission rogatoire ?

— Oui ! C'est beaucoup plus fun, non ?

Marie ne répondit que par un petit sourire forcé. Caroline, Marie et Lucas sortirent de la cathédrale pour se rendre à la fondation Notre-Dame à quelques pas de là. Ils n'eurent aucune difficulté à obtenir l'accès au logement plutôt spartiate du prêtre. Après avoir tourné la grosse clé dans la lourde porte ils trouvèrent quelques livres historiques, des bibelots, un crucifix bien sûr, une bible, un petit lit et un placard. Lucas entrepris de fouiller ce placard qui n'était pas fermé à clé. Il souleva quelques objets sans importance et se saisit d'une boite en fer qu'il eut du mal à ouvrir. Au bout de plusieurs essais, il réussit à forcer le couvercle pour y découvrir plusieurs petits sachets en papier. Il en déplia un et y trouva une poudre blanche, mouilla son doigt et le trempa dans la poudre avant le de porter à sa langue.

— Bingo ! Cocaïne !

— Non, ce n'est pas possible, un réseau de drogue ! Une mafia religieuse ?

Caroline était sceptique.

— J'espère qu'il n'en mettait pas dans les hosties pour animer les offices !

Caroline et Marie sourirent au jeu de mots de Lucas.

— Bon, on va embarquer la boite et mettre les scellés sur la porte.

— Oui, téléphone à la P.T.S. pour appliquer les scellés rapidement.

La petite équipe sortit du bâtiment pour se rendre au commissariat.

À peine arrivée, Caroline rejoignit Alain Delaunay dans son bureau pour lui confier le décryptage de ce deuxième message.

— Salut Alain, j'ai du travail pour toi, dit-elle en entrant en trombe dans le bureau de l'informaticien qui fut surpris par cette tornade.

Elle lui tendit le nouveau message crypté.

— Ok, si c'est le même expéditeur, je vais trouver facilement.

— Je compte sur toi !

— Comme d'habitude !

Effectivement, Alain Delaunay décrypta le deuxième message rapidement et le posa sur le bureau vide de Caroline avant de rentrer chez lui.

26

Afin de se changer un peu les idées, Caroline décida d'aller à l'opéra ce soir-là. Pour savourer pleinement la représentation, elle avait décidé de se mettre sur son trente-et-un. Une robe longue noire ourlée de dentelle, des chaussures à hauts talons et un sac assorti, en véritable crocodile de la région de simili. Mais elle aimait aussi se mettre en jeans et ticheurte pour les concerts de rock. En musique, elle avait des gouts très éclectiques. Ce spectacle fut magique. Comme à chaque fois, elle en prit plein les yeux et les oreilles. Elle était sur un petit nuage grâce à la puissance des voix de différentes tessitures. En sortant de l'opéra national du Rhin après avoir assisté à cette représentation de plus de trois heures, *Cosi fan tutte*, un opéra de Mozart, Caroline aimait terminer la soirée et se reposer les oreilles en écoutant le bruit apaisant de l'eau jaillissant de la fontaine appelée *La Naissance de la civilisation* par son créateur, mais plus connue des Strasbourgeois comme la *Fontaine de Janus*. C'est l'œuvre de Tomi Ungerer datée de 1988, pour fêter les deux mille ans de la ville de Strasbourg.

Janus, dans la mythologie, est le dieu romain des portes, des commencements et des fins. Il est bifrons (à deux visages), une face tournée vers le passé et l'autre sur l'avenir. Dans la fontaine, il symbolise la double culture de l'Alsace, latine et germanique.

Assise sur le bord du bassin, elle se laissait aller à la rêverie quand soudain son regard se porta sur la sculpture de la tête du dieu Janus. Elle se rappela alors le premier message codé : *La dague se trouve là où l'eau sort de la bouche des deux visages.*
— Mais bien sûr ! C'est évident, quand on y pense... Les deux visages de Janus ! La sculpture a de l'eau jusque sous le nez et l'eau sort donc logiquement de sa bouche.
Elle regarda autour d'elle s'il n'y avait personne et se mit à scruter le bassin avec frénésie. Elle n'était pas vraiment habillée pour l'exercice. Il faisait déjà nuit noire. Elle arrêta ses investigations et rentra chez elle en pensant à la mission qu'elle allait effectuer le lendemain avec son équipe, quand il ferait jour.

27

Le lendemain matin, Caroline lut à son équipe le deuxième message déchiffré posé sur son bureau :

LA CORDE VEILLE

SUR LE TRÉSOR

CACHÉ A VOS YEUX

— Nous allons pouvoir reprendre les recherches sur la corde à la cathédrale. Si on trouve le trésor, on trouvera la corde ! Forcément !

Elle se tourna vers ses collègues avec un grand sourire.

— J'ai également trouvé la solution de l'énigme du premier message !

— Moi aussi, s'écria Lucas !

— Dis-moi ta conclusion et je te dirai la mienne.

— Je pensais à la Fontaine de Janus, près de l'opéra !

— Bien vu ! Moi aussi j'y ai pensé hier soir ! J'ai été voir un opéra de Mozart, mais comme il faisait nuit et que je n'étais pas vraiment habillée pour crapahuter dans la fontaine, nous allons effectuer des recherches ce matin... Tous les trois !

— Je dois prévoir des bouteilles de plongée ? fit Lucas en faisant rire ses collègues.

— Vu la profondeur du bassin, le tuba et les palmes suffiront, répondit Marie.

Ils se rendirent à la Fontaine de Janus en passant la rue du Dôme, la rue des Juifs et la rue Brûlée.

Ces rues tiennent leurs noms des Juifs accusés d'être à l'origine de la peste noire. Ils furent chassés et brulés sur d'énormes buchers en 1348. Dans la rue Brûlée, au niveau du numéro six, se trouve également un buste de Gustave Stoskopf, un dramaturge qui a écrit de nombreuses pièces du théâtre alsacien. À cette même adresse, on trouve aussi une plaque rappelant la naissance en ces lieux de François Christophe Kellermann, maréchal de France et duc de Valmy, le 28 mai 1735. Il a donné son nom à un quai de la ville.

Ils continuèrent leur chemin à pas cadencés en traversant la place Broglie en diagonale pour gagner du temps. Avant de traverser, ils durent laisser le passage à un camion de boissons roulant à vive allure, faisant s'entrechoquer ses bouteilles en une bruyante symphonie de verre.

Sur la place Broglie, anciennement appelée le Marché-aux-Chevaux, se déroulaient des tournois de chevaliers. Le dernier eut lieu en 1507. Le 6 juin 1902 fut inaugurée l'imposante fontaine Reinhardsbrunnen *surmontée de la statue du* Vater Rhein. *Fontaine de Reinhard ou fontaine du* Vater Rhein *ou en français fontaine du Père Rhin, sortie de l'imagination du sculpteur Adolf von Hildebrand, considéré comme le plus important de son temps. Cette statue créa pourtant immédiatement la polémique, car elle se déhanchait de manière équivoque et présentait un postérieur nu et cambré aux dames de bonne famille sortant du théâtre. Finalement, à la libération de Strasbourg en 1918, on profita de la volonté de dégermaniser l'Alsace pour enlever la fontaine polémique en 1919. Aujourd'hui, à cette même place, se trouve une sculpture du maréchal Leclerc de Hautecloque, réalisée par Gorges Saupique, rappelant la charge de la 2e Division Blindée qui libéra Strasbourg le 23 novembre 1944. Les fesses rebondies du* Vater Rhein *sont toujours visibles à Munich depuis 1932 sur l'Île du Musée au nord des ponts Ludwig. Cette place est aussi l'emplacement du marché hebdomadaire. En décembre, s'y installe le plus vieux marché de Noël, le Christkindelsmärik, qui date de 1570. On y trouve également l'hôtel de ville et l'opéra national du Rhin qui abrite le centre chorégraphique national.*

Ils enfilèrent les gants et commencèrent à fouiller les 80 m² du bassin, d'abord sans grand succès. Au bout d'un moment de recherches, Caroline sortit la main de l'eau en brandissant la dague !

— Bingo ! Elle se trouvait sous le nez du visage tourné vers le Cercle-Mess des officiers.

— Bravo Caroline. Nous allons enfin pouvoir suivre la piste de cette arme, sans aucun doute l'arme du crime.

— Et la piste des collectionneurs, Lucas ?

— Rien de ce côté-là. Je pense que l'arme a sans doute été volée, soit dans un musée, soit chez un collectionneur...

— Quelqu'un s'est manifesté à propos de la dague ?

— Non, personne. Aucune plainte ni main courante. Je vais encore approfondir mes recherches.

— Bien. Profites-en pour l'envoyer rapidement au labo pour analyses, dit Caroline en lui tendant la dague enveloppée dans un sac de scellé.

Elle en profita pour faire gicler les gouttes de ses mains mouillées sur son visage.

— Non ! J'ai déjà pris ma douche ce matin !

— Ce n'est que de l'eau, répondit Caroline en riant.

— Ok, je m'en occupe tout de suite ! À plus tard !

Caroline et Marie se dirigèrent vers la cathédrale.

— Marie et moi, nous allons nous occuper de la deuxième victime.

28

Sur le chemin, Caroline se posait une multitude de questions à propos de cette première rencontre avec Pierre.

« Peut-être que je me fais un film... Il est certainement marié avec des enfants... Peut-être que je ne l'intéresse pas du tout ! Il doit avoir une foule de femmes à ses pieds. Il ne m'a certainement pas attendue. Il faut tout de même que je sache à quoi m'en tenir pour éviter de me bercer d'illusions. Je ne vais pas continuer à extrapoler de la sorte Si c'est pour me rendre malade, ce n'est vraiment pas la peine. À notre prochaine rencontre, si elle a lieu, il faudra que j'en sache un peu plus sur lui, quitte à lui faire subir un véritable interrogatoire ! Je me suis si souvent trompée sur les hommes que je préfère en avoir le cœur net. Mais bon, le revoir sur un banc de la place Mathias-Merian relève du pur hasard, même si je l'espère profondément. Ou alors, ce sera un jour de chance, mais c'est est rarement le cas chez moi. Enfin bon, advienne que pourra ! Cela

ne sert à rien de préparer des questions, pour finalement improviser. Je vais de toute façon finir en freestyle, je me connais. Je vais essayer d'y croire. Pour moi, l'espoir consiste en une corde très mince sur laquelle j'essaie d'avancer, tout en sachant que le moindre doute peut me faire pencher d'un côté ou de l'autre ».

29

Arrivées dans la cathédrale, Caroline et Marie se retrouvèrent à l'arrière du portail sud, lieu du premier crime à la dague, où la P.T.S. s'activait déjà. Caroline réfléchissait, pendant que Marie s'évertuait à comprendre comment le sacristain avait pu sortir par une porte aussi lourde et arriver jusqu'à la place du Marché-Gayot en vie.

— Avec un seul coup de dague porté, il devait être très affaibli. Comment a-t-il pu trouver la force d'ouvrir cette porte et s'enfuir tout en perdant son sang.

— Sans doute l'énergie du désespoir, répondit un agent de la P.T.S.

— Je le pense aussi. Il lui aura fallu beaucoup de courage pour effectuer ce trajet. On ne sait pas s'il voulait fuir son agresseur, aller à un endroit précis, ou peut-être se rendre chez quelqu'un. Mais chez qui ? Comme il n'avait pas vraiment de vie sociale, il ne devait pas avoir beaucoup d'amis. En tout cas, personne ne s'est manifesté à l'annonce de sa mort dans la presse.

Rompant le calme des lieux, une voix se fit entendre près du pilier des Anges.

— Capitaine !

Un homme en combinaison blanche fit signe à Caroline de venir la rejoindre. Sa lampe torche éclaira le fond de la niche à travers la grille pour qu'elle puisse voir l'objet de leur trouvaille. Elle vit effectivement une corde sur les pièces de monnaie qui scintillaient sous le faisceau lumineux.

— La corde se trouvait là, jetée sur les pièces lancées par les pèlerins. Elle était difficilement visible, le lieu étant faiblement éclairé et les pièces jetées depuis l'ayant recouverte partiellement.

— Le problème, c'est que cette énorme grille nous empêche de la récupérer. Il y a plusieurs cadenas qui interdisent de l'ouvrir et de la soulever. C'est sans doute pour que personne ne cède à la tentation.

— Cela confirme la thèse du meurtre. Un pendu ne peut pas défaire les nœuds et ensuite se débarrasser de sa corde...

— Marie, appelle la fondation Notre-Dame afin qu'ils nous envoient quelqu'un pour ouvrir cette grille.

— Ok. Je les appelle tout de suite.

— Ou alors, ajouta Lucas qui venait de les rejoindre, il a été pendu ailleurs et positionné sur les marches pour qu'on le trouve plus facilement.

— C'est une hypothèse plausible, en effet. Il ne nous reste plus qu'à trouver l'endroit où il a été pendu.

— Je vais chercher avec Marie.

— Excellente initiative, jeune homme !

Quelques minutes plus tard parut un petit homme vouté avec un énorme trousseau. Il était âgé et avançait lentement. Son arrivée fut annoncée par le cliquetis des clés de différentes tailles accrochées à sa ceinture. Caroline se présenta.

— Bonjour, capitaine Kocher. Je suis l'officier chargé de l'enquête. Pourriez-vous nous ouvrir cette grille, s'il vous plait ?

Il arriva nonchalamment pour déverrouiller les cadenas qui maintenaient la grille fermée. Sans dire un mot il donna quelques tours de clé à chaque antivol. Une fois libérée de ses entraves, la grille fut soulevée par les hommes de la P.T.S. pour un accès plus facile.

— Dites-moi, dit Caroline en s'adressant à l'homme au trousseau, le sacristain Sorin Alexandru possédait-il toutes les clés de la cathédrale ?

— Oui, bien sûr. En tant que sacristain, il avait accès partout.

— Les clés du portail sud aussi, alors ?

— Évidemment !

— Je vous remercie pour ces renseignements. Ils nous aideront à comprendre bien des choses.

L'homme esquissa un petit sourire. Lucas lui montra la photo de la deuxième victime afin que le porte-clés puisse l'identifier.

— Le connaissez-vous ?

— Oui, bien sûr, répondit-il en se signant, c'est le père Anselme. C'est lui qui...

Il était pâle comme un linge et au bord du malaise. Au bout d'un court instant, il se mit à parler.

— C'est lui qui m'a accueilli quand je suis arrivé ici. C'était un homme bon et gentil. Il était apprécié de tous depuis de longues années. Il s'occupait des œuvres de charité de la paroisse. Il était toujours disponible pour un coup de main ici et là, pour organiser ventes et kermesses. Je ne comprends pas qui a bien pu lui en vouloir et pourquoi, au point de l'éliminer. Il était également très proche de Sorin, notre sacristain disparu tragiquement.

— Je vous remercie, cela va nous être très utile.

Avec une perche munie d'un crochet, un technicien de la P.T.S. réussit à récupérer facilement la corde et à la placer dans un grand sac à scellé.

— Vous pouvez à nouveau cadenasser la grille, maintenant.

La grille refermée, l'homme aux clés s'empressa de la verrouiller en tournant la clé deux fois et en vérifiant encore à plusieurs reprises.

— Nous vous remercions pour votre aide précieuse, vous pouvez retourner à vos occupations.

— Je vous en prie ! À votre service !

Il esquissa à nouveau un petit sourire en coin avant de se retourner et de disparaitre dans le ventre de la cathédrale. En s'éloignant, il faisait mourir lentement les bruits du trousseau. Caroline s'adressa à ses deux coéquipiers qui venaient de la rejoindre.

— On a pu récupérer la corde sous la grille. On va pouvoir avancer. Et vous alors, du nouveau ?

— Oui. L'encensoir de la chapelle Saint-Laurent a été décroché. Il reste la chaine et quelques traces de sang au sol dont nous avons relevé un échantillon pour analyse.

— Nous allons attendre la conclusion du labo pour savoir si cette corde est bien celle ayant servi à pendre ce pauvre bougre.

— Il n'y a pas vraiment de gros suspense, les analyses démontreront vite qu'elle a bien servi à pendre le curé.

— Je le pense aussi, Marie, mais laissons la science faire ses preuves, ensuite nous aviserons. Allez, on bouge !

30

Dans leur bureau commun, un policier apporta une enveloppe à Caroline.

— Bonjour Capitaine, voilà pour vous !

— Merci Valentin !

Les résultats du labo étaient sans équivoque : c'était bien la corde qui avait servi à pendre le père Anselme.

— Quelques lambeaux de peau étaient incrustés dans la corde. L'analyse des tissus épidermiques a prouvé qu'ils appartiennent bien au père Anselme. Le sang de la corde et celui de la victime correspondent. En plus, comme nous l'a dit le légiste, il a été frappé de dix coups de bâton pour occasionner dix fractures réparties sur tous ses membres. L'assassin a dû le battre pendant qu'il était pendu à la chaine de l'encensoir, comme un sinistre jeu de massacre consistant à lui briser les os.

— Il ne nous reste plus qu'à trouver le coupable.

Marie questionna Caroline.

— Vous pensez que les deux crimes sont liés ?

— J'en suis persuadée ! Un sacristain, maintenant un prêtre, c'est quelqu'un qui a visiblement une rancune, voire une véritable haine envers les ecclésiastiques !

— Peut-être un frustré à qui on a interdit de faire sa communion ? tenta Lucas dans un trait d'humour.

— Je pense qu'il en faut un peu plus pour tuer à deux reprises...

— Lucas plaisantait, Caroline !

— Oui, j'avais bien compris ! Heureusement que vous êtes là, Marie.

Ils furent amusés de leurs jeux de mots en riant de concert.

— Nous devrions aller voir dans les fichiers de la fondation de l'Œuvre Notre-Dame, histoire de vérifier s'il n'y a pas eu de problèmes ou de conflits entre des membres du personnel.

— Lucas, tu vas nous accompagner pour effectuer les recherches, car l'enquête sur le sacristain pourrait avoir un lien avec d'autres personnes de la Fondation. Ça ira plus vite à trois !

— Avec plaisir ! répondit Lucas, trop content à chaque fois qu'il pouvait sortir de son bureau.

Il s'empressa de visser son docker sur la tête et d'emboiter le pas à ses collègues. C'était plutôt un homme de terrain aimant l'action, malgré sa surcharge pondérale.

31

Arrivés à la fondation de l'Œuvre Notre-Dame, ils demandèrent au père Benoît, qui les avait déjà reçus lors du premier homicide, de pouvoir consulter les registres du personnel.

— Bien sûr, si cela peut aider à faire la lumière sur cette affaire. D'autant plus que nous avons constaté une baisse de fréquentation de la cathédrale. Les gens n'osent plus franchir la porte après ces terribles drames…

— Je comprends… Vous avez eu connaissance de tensions ou de litiges entre des membres de vos effectifs ?

— Non, pas à ma connaissance… Je vais vous montrer les répertoires où figurent toutes les coordonnées du personnel. Dans la marge se trouvent toutes les notes et remarques sur des problèmes éventuels.

Il les dirigea vers une pièce et posa de grands dossiers sur un bureau en soufflant.

— Voilà ! Vous avez tout ! Bon courage ! rajouta-t-il en sortant de la salle.

— Merci beaucoup, nous allons nous y atteler tout de suite.

— Prenez tout votre temps, rien ne presse…
— Pour nous, si !

Le prêtre fit signe qu'il comprenait et se retira précipitamment.

— Bon, c'est à nous ! Il va falloir trouver s'il y a eu des conflits, des licenciements ou d'autres problèmes entre deux personnes ou plus…

Quand Lucas vit la pile de documents, il dit :

— Moi qui pensais qu'il y aurait un peu d'action ! Pffff… On n'est pas couchés !

— Autant nous y mettre tout de suite, lui répondit Marie.

Nos trois policiers prirent un carton chacun et s'y plongèrent studieusement. Les dossiers étaient énormes et très lourds. Chaque volume comportait des milliers de noms, adresses et numéros de téléphone répertoriés sur plusieurs années. Les recherches durèrent quelques heures entre bouffées d'optimisme et regards de désespoir. Mais chacun savait l'importance de trouver une nouvelle piste qui les conduirait à résoudre cette enquête alambiquée. Alors qu'ils y avaient consacré toute l'après-midi, ils durent se rendre à l'évidence que la solution n'était pas dans les répertoires du personnel. Il n'y avait aucun signalement d'aucune sorte.

— Pffff…, lâcha Lucas.
— On ne souffle pas !
— J'en peux plus. On ne trouve rien là-dedans.
— Rien de rien ! ajouta Marie.
— Je crois que vous avez raison, nous allons devoir chercher ailleurs…

Ils sortirent du bâtiment épuisés et assoiffés avant de s'attabler à une terrasse. Une fois assis, ils se dévisagèrent avec un peu d'inquiétude dans le regard, l'enquête n'avançant pas vraiment. Pas l'ombre d'un suspect en vue. Leurs boissons servies, Lucas lança la phrase qui tue :

— On n'est pas bien, là ?

— Trinquons et profitons de ce moment de répit, car nous ne sommes pas au bout de nos peines.

Ils levèrent leur verre et prirent une gorgée de liquide rafraichissant avec un plaisir non dissimulé.

32

Caroline avait toujours dans son sac *Le Mec de la tombe d'à côté*, de Katarina Mazetti, pour pouvoir le prêter à Pierre, comme elle le lui avait promis. Pour la suite, intitulée *Le Caveau de famille*, elle pensait lui confier plus tard, histoire de faire durer le plaisir… Le jour tant espéré arriva. Une nouvelle rencontre se produisit à l'endroit où ils s'étaient croisés quelques jours plus tôt, lors de leur première entrevue. Elle n'en croyait pas ses yeux. Mais si, il était bien là. Assis au même endroit que la première fois. Elle était excitée comme jamais et se dirigea directement vers le banc où il était assis un livre à la main, en soufflant un *Bonjour, Pierre*. Absorbé par sa lecture, il fut surpris et leva les yeux de son livre.

— Bonjour Caroline ! Ravi de vous revoir.

— Moi aussi ! Je suis contente que les circonstances aient pu permettre cette nouvelle rencontre.

Ils échangèrent de grands sourires, les yeux dans les yeux, dans un moment de grâce.

— Comme promis, je vous ai apporté le livre dont nous avions parlé.

— Cela tombe bien, j'ai quasiment terminé celui-là.

Elle lui tendit le livre sorti de son sac à main et il le prit en la remerciant. Il lut la quatrième de couverture et leva les yeux vers Caroline.

— Il m'a l'air très intéressant, en effet. Je le lirai avec plaisir en pensant à vous.

— Flatteur !

Sa réaction fut un grand sourire accompagné d'un geste de la main pour passer ses doigts dans ses cheveux. À cet instant précis, ils furent interrompus par la sonnerie de téléphone de Pierre, qui décrocha.

— Désolé, dit-il à Caroline en regardant l'écran de son portable, c'est le boulot.

Il se leva pour s'éloigner du banc et ne pas la gêner. Elle sourit en pensant qu'il était très absorbé par son travail, comme elle l'était souvent elle aussi. Après une brève conversation, il revint vers Caroline.

— Désolé, une urgence ! Il va falloir que je vous abandonne à regret.

— Je comprends. La prochaine fois, je vous apporterai la suite du livre.

— Avec plaisir ! À bientôt donc, dit Pierre en se dirigeant vers son bureau.

— Tout le plaisir sera pour moi !

Elle le suivit du regard quand il s'éloigna, jusqu'à ce qu'il disparaisse de sa vue en tournant dans la rue de la Croix.

33

La dague, revenue du labo, allait devoir révéler son identité et sa provenance. Lucas lut la lettre accompagnant l'arme à ses deux collègues, très attentives.

— Comme prévu, elle date du XIVe siècle, selon les analyses de la composition des fines particules de métal prélevées dans les plaies. La comparaison avec l'arme et le sang correspond avec notre victime. Il peut s'agir d'une arme de collection ou dérobée dans un musée de la ville. Aucune empreinte exploitable, ni sur le manche, ni sur la lame. L'assassin aura certainement utilisé des gants. Et au vu son long séjour dans un environnement humide, beaucoup de traces ont été effacées.

— Personne n'est venu réclamer cette arme ou l'a déclarée volée ?

— À ma connaissance non, toujours pas.

Marie reçut le compte rendu de l'analyse de la corde par mail et le lut à ses collaborateurs.

— Je viens de recevoir l'analyse de la corde, ça vous intéresse ?

— Ben oui, quelle question !

— Ok. Je vous la lis. Les traces de sang correspondent bien à celui du père Anselme, comme on le pensait. La corde retrouvée sur les pièces est d'une origine commune. On en trouve dans tous les magasins de bricolage.

Elle fit une moue dubitative.

— Autant chercher une aiguille dans une botte de foin. Pour peu qu'il ait réglé en espèces, c'est carrément mission impossible.

— Bon, il va falloir tout reprendre du début.

Marie et Lucas firent la moue à cette annonce en s'appuyant sur le dossier de leur siège.

— Eh oui, c'est aussi ça notre boulot. Remettre l'ouvrage sur le métier, revoir les choses pour prendre du recul. Je sais que c'est pénible, mais c'est une méthode qui a déjà fait ses preuves. Mettons-nous au travail avec tous les éléments dont nous disposons.

Caroline se tenait debout devant le tableau d'investigation où étaient fixés les photos des victimes et les éléments ayant servi aux meurtres. Marie et Lucas étaient concentrés sur l'exposé de Caroline.

— Donc… Pour le premier homicide, nous avons une mare de sang et des traces du même sang provenant de la porte sud de la cathédrale qui la contournent par la galerie extérieure et le parvis, puis par la façade sud, pour s'engager dans la rue des Frères jusqu'à la place du Marché-Gayot où elles s'arrêtent devant la sculpture contemporaine représentant une météorite appelée « La Pierre trouée ». Nous avons découvert que les traces s'arrêtaient au pied de cette œuvre et que le corps se trouvait sans doute à côté. Nous y avons également découvert le premier message crypté que nous avons pu déchiffrer grâce à Alain Delaunay. Selon Jean-Marie Felten, notre légiste préféré, le corps a été transporté et immergé ensuite sur le quai au Sable pour dériver jusqu'au quai des Bateliers et de là, au quai des Pêcheurs. Nous y avons découvert le cadavre du sacristain Sorin Alexandru, d'origine roumaine, selon les dires de la fondation de l'Œuvre Notre-Dame, signalé par la serveuse d'un bateau restaurant. Il s'était échoué sur le gouvernail d'une des péniches amarrées au quai des Pêcheurs. La perquisition de son studio nous a permis de retrouver douze mille cinq cents euros en liquide, avec quelques traces de cocaïne sur les billets, mais pas de drogue stockée, mis à part la cachette sous le plancher avec un peu de cannabis, sans doute pour sa consommation personnelle. Le message décrypté nous a permis de remonter jusqu'à une dague du XIVe siècle cachée dans le bassin de la Fontaine de Janus. Nous ne connaissons pas, à ce jour l'origine de ce qui est certainement l'arme du crime.

Marie et Lucas étaient tout ouïe au discours de leur supérieure.

— Pour le deuxième homicide, nous avons retrouvé le corps du père Anselme sur les escaliers de la croisée du transept de la cathédrale, visiblement décédé par strangulation. Encore une fois, un message crypté se trouvait dans sa main, sans doute déposé *post mortem* pour nous indiquer l'endroit où se trouvait la corde ayant servi à le pendre. L'assassin semble toujours prêt à nous aider... Après de nouvelles recherches, nous sommes désormais convaincus que le père Anselme a été pendu à la chaine de l'encensoir de la chapelle Saint-Laurent. L'encensoir n'ayant pas été raccroché à sa place au bout de la chaine. Ses membres ont été vraisemblablement brisés à grands coups de bâton, sans que nous ayons retrouvé aucune trace d'un bâton sur place. L'assassin l'aura sans doute emporté pour ne pas laisser d'indice. Les analyses des taches de sang des blessures aux jambes et les fragments de peau retrouvés sur la corde correspondent. Ils nous confirment que c'est bien cette corde qui a servi à commettre ce crime. Si, comme je le pense, les deux crimes sont liés, il va falloir trouver le lien et surtout le mobile.

— Je sens comme une sombre affaire de trafic de stupéfiants, bien organisé au cœur de la cathédrale.

— Tu vois les prêtres se fourvoyer dans ce genre de deal, Lucas ?

— Par expérience, je sais que dès qu'il y a de l'argent, même beaucoup d'argent, tout le monde peut perdre la tête, Marie.

— En tout cas, il va falloir être sûr de notre coup si on veut porter des accusations. Pour l'instant, nous avons deux crimes, deux messages et aucun indice concordant à part que ce sont tous deux des hommes d'Église. Les deux homicides sont complètement différents. Le mode opératoire ne correspond pas à celui d'un tueur en série. Notre criminel est sans doute une personne très intelligente. Mais il va fatalement faire une erreur à un moment. Je pense qu'il va falloir diriger notre enquête sur l'entourage des deux hommes, au sein même de la cathédrale. S'ils ont été tués pour la même raison, ce serait effectivement un réseau de trafiquants qui a dû se monter dans l'Église avec d'autres complicités internes ou externes. Nous allons devoir déterminer lesquelles pour trouver le chef de réseau ! Je vais effectuer des recherches avec SALVAC !

SALVAC (Système d'Analyse des Liens de la Violence Associée aux Crimes) est un logiciel créé par les Canadiens. C'est une base de données très utile permettant de faire des rapprochements entre des affaires en apparence distinctes. Elle concerne les crimes violents : homicide, viol, agression sexuelle, enlèvement... Le but est de tisser des liens entre des affaires en apparence distinctes, mais qui peuvent être le fait d'un auteur commun. Il permet d'opérer des rapprochements ou procéder à une analyse criminelle et comportementale.

34

Une nouvelle rencontre avec Pierre fut décisive. Connaissant un peu ses habitudes horaires, elle l'attendait, assise sur « leur » banc, en croisant et décroisant les jambes, gestes trahissant son stress et son impatience. En le voyant arriver avec un grand sourire, elle lui tendit l'ouvrage promis, *Le Caveau de famille*, avant qu'il ne prenne place à côté d'elle.

— Merci beaucoup, Caroline. Soyez certaine que je le lirai avec grand plaisir.

Caroline était ravie de lui faire plaisir. Tout en gardant son sourire, il la fixa dans les yeux.

— Je me demandais si vous accepteriez une invitation au restaurant un de ces soirs ? Si vous êtes libre, bien sûr. Nous pourrions parler de cette autrice que nous apprécions tous deux et apprendre à mieux nous connaître… si vous le souhaitez autant que moi.

— Mais bien volontiers, Pierre.

Ils échangèrent leur numéro de portable, et en se séparant avec de grands sourires, il promit de la rappeler bientôt. Elle était ravie et garda son sourire sur son visage le reste de la journée.

Il la rappela le soir même.
— Caroline ?
— Oui !
— C'est Pierre. Je ne vous dérange pas ?
— Non, pas de problème.
— Comme promis, je souhaitais fixer avec vous une date pour nous retrouver au restaurant, si vous êtes toujours partante.
— Oui, bien sûr !
— Vous préférez en ville ou en dehors ?

Elle sentit monter l'angoisse à l'idée d'une sortie de la Grande Île, toujours impossible pour elle.

— J'ai une préférence pour le centre-ville, si cela vous convient.
— Oui, très bien. Disons… demain soir, 19 heures, au restaurant *Au Dauphin*. Vous connaissez ?
— Oui, c'est au fond de la cour en face de la *Maison Kammerzell* !
— C'est exact ! Vous connaissez bien votre ville !
— Je n'ai pas de mérite, j'y suis née. C'est une brasserie alsacienne des plus réputées.

En lieu et place du restaurant du Dauphin *se trouvait au Moyen Âge un très ancien hôtel colonial qui servait de siège à la prévôté du grand chapitre de la cathédrale. La brasserie fut fondée en 1770 à l'enseigne* Au Dauphin d'Or. *L'établissement était orné d'une magnifique enseigne en fer forgé qui existe toujours dans les collections de la brasserie Kronenbourg. Le nouveau propriétaire estima qu'il n'était pas prudent, sous la Révolution, de faire étalage de son or, même sous forme d'une enseigne ; il se contenta d'appeler son établissement* Au Dauphin, *nom qui lui est resté. Après avoir changé plusieurs fois de main, il est actuellement, la propriété de la ville de Strasbourg. En 1944, l'immeuble fut démoli par un bombardement. Aujourd'hui reconstruit, la brasserie retrouve la vie, transformée, modernisée, mais les vieux souvenirs demeurent attachés à ses murs.*

— Bien, alors disons demain 19 heures au *Dauphin*.
— J'ai hâte d'y être.
— Moi aussi, Caroline. Bonne soirée.
— Bonne soirée à vous, Pierre.

Et il raccrocha. Caroline était sur un petit nuage, elle croyait tellement à cette rencontre !

La Maison Kammerzell *est un monument historique de la ville de Strasbourg. Modèle de la maison alsacienne à colombages du XVe siècle, située sur la place de la Cathédrale. Elle tire son nom de Philippe-François Kammerzell, l'un de ses propriétaires au XIXe siècle. La construction de cette maison, en face de la cathédrale Notre-Dame, dont les colombages comptent parmi les plus richement décorés de la ville, remonte à l'année 1427. L'édifice ne prit son aspect définitif qu'en 1589. Construit par le célèbre négociant de fromages Martin Braun dans un style Renaissance très particulier, le rez-de-chaussée est en pierre et les étages supérieurs en bois, sculptés avec des fenêtres en cul-de-bouteille. Les sculptures des poutres représentent des scènes sacrées et profanes : les cinq* *sens, les quatre âges de la vie, la foi, l'espérance et la charité ainsi que les signes du zodiaque. Sur la façade, plusieurs personnages importants de l'Histoire apparaissent : César, Charlemagne, Hector et Godefroy de Bouillon. Sur le pignon, on voit encore la poulie qui servait à faire monter les réserves au grenier. L'édifice fait l'objet d'une inscription au titre des monuments historiques depuis 1929. La maison reste aujourd'hui le plus vieil édifice de Strasbourg encore en exploitation.*

35

La journée de travail fut difficile pour Caroline. Elle ne cessait de penser à la soirée avec Pierre et n'était pas très attentive à l'enquête. Ses collaborateurs ne lui firent aucune remarque, ne lui posèrent aucune question, mais ils voyaient bien qu'elle n'était pas dans son état normal. Ils pensaient bien qu'il devait y avoir un homme là-dessous. À chaque question la réponse restait évasive, contrairement à ses habitudes. Ils durent prendre sur eux pour faire avancer difficilement cette enquête délicate. La journée se passa sans grandes avancées dans la recherche de nouveaux éléments et Caroline fut soulagée quand elle s'acheva enfin. Elle lui semblait interminable !

Le soir du rendez-vous avec Pierre, Caroline prit une douche rafraichissante, en laissant couler l'eau délicatement, comme une douce caresse sur son corps. Elle se prépara longuement en se maquillant de façon discrète avec de légères touches de fard à paupières, un petit coup de blush sur les pommettes, une légère trace de khôl sur les cils et un petit passage à peine esquissé d'un bâton de rouge sur ses lèvres. Elle essaya différentes tenues en faisant plusieurs allers-retours devant la glace, hésita, pour finalement en changer. Toute sa garde-robe y passa. Il y avait des vêtements partout. Elle voulait être sûre de lui plaire. Elle se décida finalement pour un pantalon noir et un haut rouge ajouré de dentelles avec de simples escarpins noirs. Après un petit coup de peigne, elle s'aspergea d'une touche d'un parfum à base d'une subtile fragrance d'iris. Elle choisit un sac à main noir assorti à sa tenue avant de l'accrocher à son épaule. Un dernier coup d'œil au miroir la rassura sur son choix. Elle sortit de l'appartement pour se diriger vers le restaurant du *Dauphin*.

Cette soirée fut mémorable. Après le plaisir manifeste des retrouvailles, ils parcoururent la carte. Caroline choisit des rognons accompagnés de *spätzele* et Pierre opta pour un coq au vin. Il avait consulté le sommelier qui leur conseilla un vin blanc d'Alsace, évidemment. Le début de la conversation tourna essentiellement autour de l'auteure suédoise Katarina Mazetti et de son humour, et leurs points de vue se rejoignaient souvent. Puis vinrent les questions qu'ils se posèrent mutuellement, des questions sur l'autre afin de faire plus ample connaissance. Caroline dégaina la première.
— Vous êtes à Strasbourg depuis longtemps, Pierre ?
— Non, depuis cinq ans seulement. Je suis né à Bordeaux où j'ai vécu longtemps. J'ai eu le temps de m'y marier... et de divorcer.

À ces mots, Caroline émit un soupir d'aise. C'était un vrai soulagement pour elle de le savoir libre.

— Vous avez des enfants ?

— Non, la vie a fait que je n'ai pas eu cette chance.

— Et vous, Caroline, vous me semblez bien secrète. Dites-moi…

— Il est vrai qu'il est difficile de parler de soi, mais en même temps, nous sommes un peu là pour apprendre à mieux nous connaitre.

Elle hésita avant de lui dévoiler son métier, de peur de le braquer, et que leur histoire ne finisse avant même d'avoir commencé. Elle prit son courage à deux mains et le fixa dans les yeux pour bien voir sa réaction.

— Je suis capitaine de la Police nationale et profileuse. J'ai une vie bien remplie et une fille de dix ans que j'élève seule.

Pierre accusa le coup avant d'afficher un large sourire.

— C'est super ! Je suis sûr que vous êtes un bon élément et une super maman pour votre fille.

— Je me débrouille, oui… Mais bon, ce n'est pas à moi de le dire.

— Comment se nomme votre fille ?

— Solène.

— Tout se passe bien avec elle ?

— Oui, ce n'est pas une enfant difficile, il faut savoir la prendre.

Pierre orienta la conversation vers son travail.

— Vous enquêtez sur quoi, en ce moment ?

— Sur le double meurtre de la cathédrale.

— Ah oui, j'ai lu un article à ce sujet dans le journal. L'enquête avance ?

— Elle suit son cours...

— Vous ne pouvez sans doute pas en parler...

Il comprit à ce moment qu'elle n'était pas prête à parler d'une enquête en cours.

— C'est exactement ça. Mais je peux vous dire que mon travail me plait beaucoup. Chercher des indices qui permettent de définir le profil d'un meurtrier, comprendre son mobile, et enfin trouver sa piste pour réussir à l'arrêter, c'est une grande satisfaction. En plus, je suis bien secondée par une équipe formidable !

Puis ce fut au tour de Caroline de le bombarder de questions.

— Et vous, Pierre ?

— De mon côté, je travaille actuellement sur l'aménagement intérieur d'une luxueuse villa en dehors de Strasbourg. Je m'y rends souvent avec Laurence, ma plus proche collaboratrice, pour suivre le chantier et faire de nouvelles propositions, être à l'écoute de notre client. Comme il a des moyens presque illimités, cela nous permet d'expérimenter des solutions inédites. C'est vraiment un très beau chantier...

Après un petit moment à vide, un ange passa...

— Vous aimez les voyages, Caroline ?

— Oui, mais je n'ai pas trop l'occasion de partir, car j'ai un métier prenant. Je vais parfois à la campagne chez mes parents qui ont une petite maison dans un village de montagne.

— Cela vous permet de changer d'air et de vous retrouver en famille…

— Oui, cela fait une bonne coupure avec la vie de dingue que je mène. Et vous, Pierre ?

— Ma vie étant assez mouvementée également, j'ai plus voyagé pour le travail que pour le plaisir, même si j'arrive à allier les deux… Cela m'a permis d'aller souvent en Asie : Laos, Cambodge et Vietnam entre autres…

— Cela doit occasionner de belles rencontres !

— Oui, bien sûr. Au-delà des projets menés dans ces pays, il y a eu des moments de grâce avec des populations locales très souriantes.

— J'en rêve souvent, mais…

— Je comprends. Un jour, peut-être…

Leurs regards se croisèrent avec beaucoup de paysages dans les yeux.

— Vous trouvez quand même le temps d'aller au cinéma ?

— Oui, c'est souvent avec Solène, voir des films pour les enfants de son âge. La *Reine des Neiges* et le *Roi Lion* étant ses préférés.

— Mais vous, quand vous allez au cinéma sans elle, vous préférez voir quel genre de films ?

— Je suis très fan de Pedro Almodóvar, mais surtout des films d'auteur français et étrangers.

— Excellent choix ! Vous aimez également la musique ?

— Bien sûr, j'ai des gouts très éclectiques. Cela va de Mozart à AC/DC, par exemple. Mais j'aime aussi beaucoup Enya et Loreena McKennitt qui ont l'avantage de faire rêver et de me mettre de bonne humeur.

— Mes gouts musicaux ne sont pas aussi larges que les vôtres, j'ai une préférence pour la chanson française : Cabrel, Michel Berger, Bashung, Lavilliers par exemple, et bien sûr les classiques, Brel, Brassens, Reggiani, Aznavour, Ferrat et compagnie.

— Il m'arrive d'en écouter aussi, parfois...

— Vous êtes surprenante, Caroline. C'est ce qui fait votre charme.

La soirée se termina par un dessert. Pierre choisit un café et Caroline une salade de fruits frais. Pierre dégaina sa carte bleue pour régler l'addition. Au sortir du restaurant, la nuit était déjà tombée.

— Je peux me permettre de vous raccompagner, Caroline ?

— Non, c'est gentil, mais je vais marcher un peu. C'est bon pour la digestion. Merci pour cette agréable soirée.

— Tout le plaisir était pour moi. À bientôt, j'espère ?

— Oui, très bientôt.

Pierre se pencha vers Caroline pour lui faire la bise, mais en passant d'une joue à l'autre il effleura ses lèvres. Elle fut surprise, mais ne le fit pas remarquer. Ce n'était pas vraiment désagréable. Elle lui sourit et prit le chemin du retour. Pendant le trajet, les choses se bousculaient un peu dans sa tête. Peut-être les vapeurs d'alcool, se dit-elle. Il a accepté mon métier et ma fille, je pense que c'est bien parti pour que cette relation naissante ait des chances de réussir. Elle fit le reste du trajet avec la banane sur son visage. Elle flottait un peu en pensant qu'elle allait bien dormir cette nuit.

> *« Je me suis fait surprendre par ses lèvres effleurant les miennes, même si je l'espérais un peu. Cette histoire commence seulement. Ne nous affolons pas. Elle peut finir très vite. J'ai toujours l'impression de sentir le gout de ses lèvres sur ma bouche. Sensation agréable. Sens en émoi. La vie me parait légère, même si pleine de questions. La chance revient avec le sourire. C'est sans doute cela, le bonheur : un état de grâce où tout semble beau et où l'on ne touche plus terre. Je ne sais pas combien de temps cela va durer, mais je profite du moment, de rester dans cet état second et je souris à tout le monde, même aux inconnus. Certains doivent me prendre pour une folle, une illuminée qui a rencontré Dieu, mais je les ignore et savoure l'instant présent. »*

36

Un samedi matin de la fin aout, Jean Kocher ramena Solène à Strasbourg. Caroline piaffait d'impatience depuis un bon moment déjà. Quand la sonnette retentit, elle se dirigea en courant vers l'interphone et manqua de déraper sur le parquet glissant. Elle demanda machinalement : « Qui c'est ? », sachant pertinemment qui avait sonné quand elle actionna le bouton d'ouverture de la porte. Elle ouvrit la porte de l'appartement et se mit sur le seuil en jetant un coup d'œil en bas. La montée des escaliers lui paraissait interminable, tant elle était excitée. Quand elle vit apparaitre le grand sourire de sa mère, Solène lui sauta dans les bras dans un intense échange de bisous frénétiques.

— Bonjour, maman !
— Bonjour, ma puce !

Cette longue absence fit durer l'étreinte en un long moment de tendresse.

— Et papi, il te suit ?
— Oui, mais il a un peu de mal, tu sais, il monte à son rythme…
— Je suis contente de te retrouver enfin !

— Moi aussiiiii ! Pourquoi tu n'es pas venue nous voir ?

— J'avais beaucoup de travail, tu sais.

Caroline changea de discussion pour que sa fille ne s'aperçoive pas de son désarroi.

— C'était bien les vacances chez papi et mamie ?

— Ouiiiii, c'était super ! Mais j'aurais préféré que tu sois avec nous, tu sais...

— Oui, moi aussi, j'aurais aimé être avec vous à la campagne, mais je suis sur une enquête difficile. Elle avance doucement.

— Toutes tes enquêtes sont difficiles, maman..., dit Solène sur un ton désabusé.

Caroline ne réagit pas à cette remarque, sachant très bien que Solène avait raison.

— Sacrés escaliers, souffla Jean en arrivant sur le palier. Je n'ai plus vingt ans !

— Moi non plus, dit Caroline en embrassant son père. Bonjour Papa !

Elle lui prit la valise de Solène des mains et le pria d'entrer dans l'appartement.

— Tout s'est bien passé ?

— Oui, comme d'habitude... Nous avons dû lui acheter un nouveau maillot de bain, car celui de l'année dernière ne lui allait plus. Elle grandit trop vite ! Nous lui avons installé une petite piscine gonflable pour se rafraichir pendant les grandes chaleurs.

— C'est vrai qu'elle pousse rapidement !

— Tu nous as vraiment manqué, ma fille !

— Vous aussi, vous m'avez manqué, mais je suis sur une enquête compliquée, tu sais…

Jean lança un regard à sa fille pour lui faire comprendre que ce n'était pas que l'enquête qui coinçait.

— Je comprends bien, Caroline. Il faut que tu gagnes ta vie pour pouvoir élever correctement la petite.

— Ben oui ! En plus, la rentrée des classes est dans quelques jours seulement !

— Oui, mais Solène voulait profiter de la campagne et de la piscine jusqu'au dernier moment, tu sais.

Avec la chaleur, elle ne voulait plus sortir de l'eau !

— Comme je la comprends.

Elle se dirigea vers la cuisine d'où émanait une bonne odeur de café frais.

— Je viens de faire du café, tu en prendras bien une tasse ?

— Oui, bien sûr ! Après tous ces efforts, je mérite bien un peu de réconfort !

— Bien sûr ! Assieds-toi, je te l'apporte tout de suite.

— En plus, j'ai apporté des croissants. Ils sont encore tout chauds.

— Merci papa, c'est très gentil.

Caroline posa deux tasses de café fumant et se tourna dans la direction de la chambre de sa fille.

— Solène !

— Oui ? répondit-elle en se dirigeant vers la cuisine.

— Tu as déjà déjeuné ?

— Oui, mais j'ai encore un peu faim, répondit-elle en lorgnant la corbeille de croissants posée sur la table.

— Un chocolat avec ton croissant ?

— Oui, je veux bien. Merci, maman.

Le temps de chauffer le lait, Caroline le versa dans le bol que Solène avait déjà garni de chocolat en poudre.

— Voilà ! Bon appétit ! dit-elle en faisant tourner la corbeille où chacun plongea une main avec des yeux gourmands. Comment va maman ?

— Elle va bien, mais avec l'âge, elle râle de plus en plus...

— C'est dans son caractère, tu n'y peux rien changer !

— Après quarante ans de mariage, j'ai eu le temps de m'y faire, tu sais. Tant qu'elle râle, il y a de la vie, donc aucune raison de s'inquiéter...

Comme souvent, Solène avait plus de gouttes de chocolat sur la table que dans son bol. Il suffit d'un regard appuyé de sa mère pour qu'elle comprenne. Elle se leva pour chercher un essuie-tout qui absorba les gouttes sur la nappe. Après ce sympathique petit-déjeuner, Jean se leva de table et s'adressa à Caroline.

— Bon, je vais vous laisser à la joie des retrouvailles, les filles. Il faut que j'aille retrouver ta mère, car elle m'attend pour faire les courses, comme tous les samedis matin.

— Encore merci pour tout. Embrasse-la bien fort pour moi, papa.

— Je n'y manquerai pas.

Solène sauta au cou de son grand-père et l'embrassa tendrement en lui laissant quelques traces de chocolat sur les joues, et laissa échapper une petite larme.

— Au revoir papi ! On se revoit bientôt, hein ?

— Oui, ma puce, très bientôt.

Jean embrassa Caroline et se dirigea vers la porte d'entrée qu'elle referma derrière lui, pour éviter le vague à l'âme ; elle passa aux questions pratiques.

— J'ai déjà reçu la liste des affaires à acheter pour la rentrée. Je te propose d'aller faire les courses cet après-midi : d'accord ?

— Ouiiiiii !

Après le déjeuner, elles se préparèrent pour sortir. Dans le magasin, Solène était impatiente de découvrir toutes les nouvelles affaires qu'elle allait recevoir pour reprendre l'école.

— Tu es contente de retourner à l'école, quand même ?

— Ben oui, j'aime bien l'école. En plus, je vais retrouver Romain et toutes mes copines...

— Vous allez pouvoir vous raconter vos vacances...

— En cours aussi, le premier travail sera de raconter les vacances qu'on vient de passer.

— Tu vas en avoir des choses à raconter !

— Oh ouiiii !

37

Lors d'une kermesse médiévale installée sur le parvis de la cathédrale et la place du Château, organisée par la fondation de l'Œuvre Notre-Dame, furent disposées bon nombre d'attractions. Des stands de confiserie et de vannerie, un petit parc avec quelques animaux, un chamboule-tout, jeu consistant à faire tomber toutes les boites de conserve superposées d'une seule balle molle. Des jeux du Moyen Âge, comme la mérelle (marelle) se jouant avec des pions en bois, un jeu de la fossette, qui consiste à lancer habilement des pièces ou des billes dans un trou situé au milieu d'une table à jeter, des quilles en bois et une tente abritant une cartomancienne lisant l'avenir pour quelques sous. Toutes ces attractions étaient animées avec le langage de ce temps-là, par une association de reconstituants du Moyen Âge vêtus de beaux habits colorés d'époque. Au bout de la place du Château était disposé un pas de tir à l'arc, avec une cible sur chevalet en paille, placée à cinq ou dix mètres et avec des arcs en bois d'if. Un archer particulièrement assidu s'entrainait sur cinq mètres d'abord, puis toucha la cible à dix mètres, sous les applaudissements de la foule nombreuse qui venait s'amuser dans une autre époque. La fête battait son plein sous le rire des parents et les cris des enfants. Les gens étaient ravis de participer à une telle manifestation, assez rare dans la région. La fête se déroulant sur le week-end, les attractions restèrent en place en fin de journée le samedi. Simplement couvertes de bâches, elles furent entourées de barrières et surveillées toute la nuit par des agents d'une société de gardiennage. N'étant que deux, ils effectuaient des allers-retours du parvis à la place et de la place au parvis en discutant de choses et d'autres ; de la vie, quoi.

38

Le dimanche matin, vers huit heures, Caroline fut réveillée par le portable posé sur sa table de chevet. Évidemment, il sonna longtemps avant qu'elle réagisse.

— Oui ?

— Bonjour Caroline, c'est Marie. Désolée de te réveiller si tôt un dimanche matin, mais nous avons une nouvelle victime…

— Tu te rends bien compte que pour moi c'est le milieu de la nuit ?

— Je suis vraiment navrée…

— Les assassins ne se reposent donc jamais ?

— J'ai bien peur que non.

— C'est où, cette fois-ci ?

— Sur le pas de tir à l'arc installé sur la place du Château.

— Bien. Sécurisez l'endroit et attendez-moi avant de commencer les investigations.

— Je pars rejoindre Lucas qui est déjà en place pour faire le nécessaire.

— Ok, j'arrive !

Caroline enfila rapidement un jean et un ticheurte, glissa dans ses baskets et avala un jus d'orange, puis sortit doucement avant de dévaler les escaliers en courant, laissant Solène finir sa nuit. Le chemin pour arriver sur la place du Château lui sembla terriblement long. Une impression, sans doute due au fait qu'elle n'était pas complètement réveillée.

Arrivée sur les lieux, elle enfila son brassard fluo POLICE et vit une foule bigarrée s'amasser autour des rubalises. Sans doute les fêtards du samedi soir qui ne sont pas encore couchés après l'after, pensa-t-elle.

— Bonjour capitaine, lança Marie.

— Bonjour brigadier. Alors, qu'est-ce qu'on a ?

Marie écarta l'auvent servant à cacher le cadavre aux curieux, et Caroline fit un bond. Elle resta sans voix un moment. Le corps d'un homme criblé de flèches était attaché sur la cible en paille. De chaque blessure s'écoulait un filet de sang. Le médecin légiste s'avança vers Caroline.

— Bonjour Caroline, belle mise en scène, non ? On dirait un hérisson…

— Bonjour Jean-Marie, il n'y a vraiment que vous pour faire de l'humour en présence d'un corps transpercé de flèches, et en plus un dimanche matin !

— Moi aussi, j'aurais préféré faire une grasse matinée, mais bon… Alors… Je vais rester sérieux un moment, le temps de vous faire part de mes premières constatations. Notre homme a été attaché par les mains et les pieds à la cible, pour l'immobiliser. Une fois ligoté, il était plus facile à atteindre. Les flèches ont été tirées à dix mètres en le blessant un peu partout, un genou, un pied, un bras, une épaule et une vilaine blessure à l'aine qui saigne beaucoup, comme pour le faire souffrir davantage. La flèche fatale fut sans doute la dernière. Elle a vraisemblablement été décochée à cinq mètres, pour être sûr de ne pas rater le cœur, vu qu'elle est enfoncée plus profondément dans la chair que les autres. La balistique nous le confirmera, je pense. Pour l'heure de la mort, à première vue, je dirais entre minuit et trois heures du matin. Je serai plus précis quand je l'aurai autopsié, bien sûr.

Lucas s'approcha du petit groupe, en les saluant, et leur expliqua qu'il venait d'interroger les deux agents de surveillance.

— Ils se trouvaient sans doute sur le parvis quand le crime a eu lieu. Le vent violent d'hier soir a pu soulever les toiles et provoquer du bruit. Ils n'ont bien sûr rien vu, rien entendu.

— Le contraire m'aurait étonné !

— Une flèche est plutôt silencieuse quand elle fend l'air et ce bruit léger a certainement dû être masqué par le vent de cette nuit. Notre assassin a pris beaucoup de risques quand même !

— Ok. Pas de témoins, je suppose ?

— Si, nous avons trouvé un témoin qui aurait, semble-t-il, vu une silhouette filer en vitesse en direction des quais. C'est une jeune femme qui s'est évanouie quand elle a vu le corps sanguinolent. Elle a vraisemblablement passé la nuit, inconsciente, allongée sur le pas de tir à côté de la victime. Ce n'est que ce matin, après avoir émergé, qu'elle nous a appelés pour signaler l'homicide.

— Où est-elle, maintenant ?

— Dans l'ambulance des pompiers qui l'ont prise en charge en attendant ta venue.

— On peut l'interroger ?

— Je pense que oui…

Caroline se dirigea vers l'ambulance où les pompiers étaient en train de relever la personne du brancard, encore chancelante. Elle put néanmoins s'asseoir sur le bord du véhicule afin que Caroline la découvre.

— Marie-Julie, c'est toi qui as découvert le corps ?

— Ben oui, c'était cette nuit, au moment où je rentrais d'une soirée très… arrosée.

— Qu'est-ce que tu as vu, exactement ?

— En fait, pas grand-chose. J'ai aperçu une silhouette cagoulée courant en direction des quais, il me semble. Je me suis approchée du pas de tir, et quand j'ai vu cet homme criblé de flèches, je crois que je suis tombée dans les pommes. C'est presque sûr, parce que j'ai encore des douleurs à la hanche et à la tête, sans doute dues à la rencontre avec le sol dur.

— Bref, tu n'as rien vu quoi…

— Pas vraiment, non. Je suis désolée de ne pas pouvoir t'aider plus que ça.

— Ce n'est pas grave, on va tout malgré tout découvrir l'assassin, crois-moi. Est-ce que tu connais la victime, par hasard ?

— Non, pas du tout. Jamais vu.

— Bon, je te remercie tout de même. Rentre te reposer et passe au commissariat lundi, pour faire ta déposition.

— Oui, je passerai...

Marie-Julie se leva et marcha en se tenant la tête et en appuyant sa main sur le côté douloureux. Caroline savait que ce témoignage plus que flou ne les emmènerait pas très loin, et qu'il fallait une enquête approfondie pour trouver le coupable et le confondre.

— Aucun indice, Lucas ?

— Si. Il y a cet arc abandonné sur place, sans doute l'arme du crime, mais cela m'étonnerait qu'on y trouve des empreintes. Il a dû mettre des gants pour décocher ses flèches.

— Il y a de fortes chances, en effet.

— À côté de la victime, nous avons retrouvé une petite croix d'argent... Encore un ecclésiastique, sans doute. Il y avait également un nouveau message enroulé près de l'empennage de la flèche mortelle !

Caroline prit le sac de scellé que Lucas lui tendait, contenant le message pour le déchiffrer.

⊥⌶ ⊳⊼◁⊡⌶⋎⌶ ⊠⊕⊞ ⌶◀⊥⌶⊾◖⊡⊞

— Mince ! Encore un message codé ! Du travail pour Alain, ça !

— Mais c'est encore un homme d'Église ? s'écria Marie.

— J'en ai bien peur. Tout tourne autour de la cathédrale donc... Et cette coïncidence : dix coups de dague, dix coups de bâton et dix flèches. Ce chiffre revient à chaque crime. Ce n'est sans doute pas le fruit du hasard. L'assassin nous envoie un message sans doute…

Caroline réfléchit un moment, et dit à son équipe :

— Si on allait faire un tour du côté de la fondation de l'Œuvre Notre-Dame ?

— La réponse se trouve certainement là-bas…

Ils se mirent en marche vers l'imposant bâtiment, afin de rencontrer une fois de plus leur contact, le père Benoît.

— Bonjour mon Père. Désolée de vous déranger une nouvelle fois, mais nous avons une troisième victime avec une petite croix en argent, comme les prêtres en portent généralement sur le revers de leur veste, dit-elle en lui montrant l'objet dans un sac à scellé.

Le prêtre était désappointé.

— Elle appartient assurément à un homme d'Église. Si je peux encore vous être utile…

Caroline sortit son portable, afficha la photo de la tête de la victime, et lui présenta.

— Vous le connaissez ?

Le prêtre pâlit d'un coup. Il l'avait reconnu immédiatement. Après avoir accusé le choc, il lui répondit.

— C'est l'évêque Cristobal. Il devait célébrer la messe à la cathédrale ce matin. Comme il était introuvable, dans l'urgence nous avons nommé un autre prêtre pour cet office dominical. Que lui est-il arrivé, au juste ?

Caroline lança un regard inquiet à Marie et Lucas, mais entreprit de lui révéler la vérité.

— Nous l'avons trouvé attaché sur la cible du pas de tir à l'arc de la place du Château, criblé de flèches.

— Mon Dieu, mais qui a pu commettre une telle atrocité ? Il était estimé de toute la communauté religieuse et aussi des mélomanes. C'est lui qui programmait les concerts classiques interprétés par notre organiste sur l'orgue Silbermann en notre cathédrale.

— Nous allons le trouver, rassurez-vous. De même que pour les deux premiers.

— À ce propos, l'enquête avance ?

— Oui, elle suit son cours…

Caroline prit l'initiative d'écourter la conversation et salua le prêtre en sortant de son bureau avec son équipe. Bon, on rentre…

39

De retour au commissariat, Caroline alla confier le déchiffrage de ce nouveau message à Alain Delaunay, leur informaticien, qu'elle avait sorti du lit pour l'occasion.

— Désolé de t'avoir réveillé un dimanche matin, mais c'est dur pour tout le monde.

— Ce n'est pas grave, Caroline, c'est le métier qui veut ça. Même si j'ai toujours du mal à m'y faire.

Alain avait répondu avec un petit sourire en coin, sachant très bien que Caroline, non plus, n'était pas du matin. Il prit le sac de scellé en main et observa ce nouveau message.

— Toujours le même code, dit-il. Je vais pouvoir le décrypter rapidement.

— Tant mieux, car c'est urgent, tu t'en doutes bien.

— Évidemment ! Le contraire m'aurait étonné !

Caroline sortit de son bureau avec le sourire pour retrouver son équipe pour le débriefing.

— Un évêque criblé de flèches, un témoignage plus que flou, ça devient compliqué !

— Oui, mais on sait maintenant que cela tourne autour de la cathédrale avec l'implication d'ecclésiastiques pour nos trois victimes.

— Un trafic de drogue au sein de cette institution va choquer beaucoup de monde...

— En espérant que cela ne cache rien de plus grave...

Ils se regardèrent pendant un long moment et leurs pensées se rejoignirent sans oser mettre un mot dessus. À un moment, Alain Delaunay posa la traduction du troisième message sur le bureau de Caroline, en coupant court à leur communion visuelle.

— Wouah ! Tu as été super rapide, sur ce coup-là !

— Le code utilisé est le même et la phrase très courte, donc...

— Merci Alain, tu es le meilleur !

— Je sais, je sais, dit-il avec un sourire en sortant du bureau.

Caroline lut la transcription du message à ses deux adjoints avant de l'accrocher au tableau d'investigation.

JE PROTÈGE LES ENFANTS

⌁ ▷⋏⊰⎕⌼⇘⌼ ⊠⌼⊞ ⌼⊲⊥⋏⊲⎕⊞

— La question qui se pose, commença-t-elle, est d'identifier les enfants dont il parle.

— Dans une paroisse, ce sont peut-être les enfants de chœur de la chorale qui accompagnent les offices, tout simplement ! C'est sans doute pour cette raison qu'il doit y avoir autre chose...

— Mais oui, bien sûr. Ils doivent savoir quelque chose que nous ignorons. Avec Marie, nous avons vu les enfants répéter dans la cathédrale avec leur chef de chœur, quand nous avons cherché la corde. Nous allons nous pointer à la répétition de leur chorale pour les avoir tous sous la main et les interroger un à un. Quand se déroule la prochaine répétition ?

— Je pense le mercredi après-midi, puisqu'ils n'ont pas classe.

— Ok, nous irons les voir tous les trois. En fonction du nombre de chanteurs, cela peut être long.

40

Les rencontres suivantes avec Pierre furent tout aussi charmantes : des sorties cinéma, musées ou autres expositions, leurs échappées étaient variées. Elles allaient d'un verre après le travail à une soirée au restaurant ou simplement en flânant dans la ville la nuit à prendre le frais en regardant les étoiles. Ils s'entendaient plutôt bien. C'était de bon augure. Après une agréable soirée chez des amis de Pierre, Caroline accepta de prendre un dernier verre chez lui. L'appartement était grand et beau, situé au-dessus de son bureau. Elle décida de ne pas accepter d'alcool et d'avoir les idées claires pour l'inévitable issue de la soirée. Pierre lui fit visiter son loft, décoré par ses soins évidemment. Beaucoup de souvenirs de ses voyages en Afrique, des statuettes d'éléphant, des photos d'animaux de la savane, une lance, un masque dogon, un bouclier en bois et de grands tissus de boubous colorés accrochés au mur.

— Tu m'avais parlé de voyages en Asie, dont je ne vois pas beaucoup d'objets, remarqua Caroline.

— Je trouve que les objets africains sont plus adaptés à la déco intérieure.

Pierre prit une petite statuette sur une étagère et la montra à Caroline.

— Cette statuette d'éléphant vient du Rajasthan. Elle se différencie par des oreilles plus petites que ceux d'Afrique.

— C'est donc une intruse ?

— Oui, mais j'aime beaucoup les éléphants ; ils sont grands, forts et paisibles à la fois. Quand tu déprimes, il y a un proverbe indien qui dit : « Si tu vois tout en gris, déplace l'éléphant. »

Ils riaient de concert à cette maxime.

— C'est beau en tout cas.

Pendant que Caroline regardait tous ces objets, il passa une main sur son épaule pour continuer la visite. Puis posa son bras autour de son cou comme une écharpe de tendresse, avant de la faire pivoter et de l'embrasser. Ce fut un moment très agréable. Difficile de lutter quand les cœurs sont accrochés. Après un long baiser langoureux, ils se dirigèrent vers la chambre où les caresses devinrent plus précises. Les vêtements tombèrent les uns après les autres jusqu'au dernier. Dès les premiers frôlements du bout de ses doigts sur sa peau, tout son corps frémit et se tendit pour s'abandonner ensuite. Elle traversa rapidement les nuages. Découvrir le corps de l'autre pour la première fois est toujours un moment très intense. Et les instants suivants furent haletants et puissants jusqu'à la délivrance. Des années sans rapports avaient décuplé l'intensité du plaisir, pensa-t-elle. Fourbus après la bataille, ils se retrouvaient sur le lit défait pour reprendre leur souffle.

— Je dois malheureusement rentrer, Pierre. Il faut que je récupère ma fille chez la voisine, car elle doit aller à l'école demain.

— Bien sûr ! J'espère que nous aurons l'occasion de passer une nuit complète ensemble.

— J'en rêve ! Et elle l'embrassa tendrement avant de se rhabiller.

Une fois vêtue, elle se dirigea vers la porte, suivie par Pierre.

— C'était très agréable…

— Pour moi aussi, ma douce.

Elle passa la porte après un dernier baiser et Pierre la referma doucement au vu de l'heure tardive.

Elle récupéra Solène à moitié endormie chez Magali et elles allèrent se coucher tout de suite. Dans son lit, Caroline se remémorait les moments intenses qu'elle venait de vivre : ses mains, ses baisers et ses mots doux. Elle s'endormit avec un grand sourire.

41

Après avoir déposé Solène à l'école, elle se dirigea vers son bureau où l'attendaient ses collègues, pour se rendre à l'Œuvre Notre-Dame.
— Bonjour ! Vous êtes déjà prêts ?
— Toujours prêts, comme les scouts, dirent-ils en chœur avec des sourires.
— Ok, on trace.

L'interrogatoire des enfants se déroula dans une salle où les répétitions de la chorale avaient lieu tous les mercredis. Tout le monde avait été prévenu. Tous les enfants, d'une dizaine d'années environ, étaient présents. Caroline se présenta ainsi que ses deux collègues. Une petite pièce avait été prévue pour chaque policier afin que les enfants puissent s'exprimer sans contrainte. La chorale comportait dix enfants, comme le supposait Caroline. Sur les dix garçons interrogés, chacun avait eu maille à partir avec le père Anselme et l'évêque Cristobal. Bizarrement, ce furent surtout les petits blonds aux yeux bleus qui avaient leur préférence. Les autres avaient subi des attouchements et des caresses, mais les garçons blonds avaient été abusés sexuellement par les deux ecclésiastiques. Le sacristain ne s'intéressait pas physiquement aux enfants, il leur fournissait uniquement la drogue et encaissait les gains.

— On en avait parlé avec notre chef de chœur, le séminariste Gaëtan Muller, dit le blond Jean-Philippe assis en face de Caroline la tête baissée.

— Tu ne dois pas avoir honte, ce sont eux qui devraient être honteux. Tu es une victime. Même si on ne pourra plus les juger maintenant, l'affaire risque de faire grand bruit. C'est important que cela ne se reproduise plus. Tu comprends ?

— Oui, je comprends.

— Il a réussi à vous faire parler de ce que vous avez subi ?

— Oui, il disait qu'il valait mieux en parler que de garder ça pour soi. Il avait remarqué que plusieurs d'entre nous ne parlaient pas beaucoup ou n'étaient pas très assidus. Ils se mettaient en retrait, par exemple... C'était un signe, un avertissement. Pour la drogue aussi, on devait toujours continuer à en revendre et à rapporter l'argent à Sorin. Le sacristain nous avait menacés d'être exclus de la chorale si on arrêtait ou si on en parlait à qui que ce soit.

— Et tu penses que votre chef de chœur avait le projet d'en parler à sa hiérarchie ?

— Oui, il nous avait promis d'en parler directement à l'archevêque. Il avait une bonne écoute et était toujours de bon conseil.

— Et... ?

— Il nous a dit que l'archevêque l'avait entendu, pris quelques notes et qu'il en parlerait aux personnes concernées.

— Pour quel résultat ?

— Aucun. Gaëtan pensait qu'il couvrait les agissements de ses collaborateurs et qu'il ne bougerait pas le petit doigt pour nous aider.

— Et puis… ?

— Un jour où nous avions reparlé de ces problèmes, Gaëtan nous a promis de trouver une solution, mais sans nous en dire plus…

— Tu penses qu'il est capable de tuer des gens ?

— Non, c'est un gentil. Il préfère le dialogue à la violence.

— Mais au fait, où est-il ?

— Je ne sais pas, j'ai entendu dire qu'il serait malade.

— Tu ne sais pas où il habite, par hasard ?

— À la Fondation je pense, où sont logés tous les religieux qui s'occupent de gérer la paroisse.

— Bien, je te remercie beaucoup.

— Je vous en prie, madame. Vous n'allez pas lui faire de mal à Gaëtan ? C'est le seul qui a pris notre défense.

— Je ne pense pas, mais cela va dépendre de ce qu'il a à nous dire.

Jean-Philippe partit à moitié rassuré. Les trois policiers, après avoir interrogé tous les enfants, se retrouvèrent seuls dans la salle de répétition. La répétition étant annulée pour cause d'absence du chef de chœur, tous les enfants rentrèrent chez eux.

— Vos impressions ?

— Tous les enfants ont eu des problèmes, dit Marie, plus ou moins graves selon leur couleur de cheveux.

— J'en arrive aussi à cette conclusion, Caroline. Les petits blonds aux yeux bleus avaient la préférence des personnes incriminées.

— Bon, apparemment, Gaëtan Muller leur avait promis de les aider en parlant à l'archevêque qui bien sûr, n'a pas fait d'enquête auprès des deux personnes incriminées. Le petit Jean-Philippe m'a informé qu'il serait malade, ce qui justifierait son absence aujourd'hui. Nous allons retrouver notre ami le père Benoît pour qu'il nous fournisse le plus de renseignements possibles sur ce séminariste.

42

Arrivés au bureau du prêtre, leur contact à la fondation de l'Œuvre Notre-Dame, ils toquèrent à la porte.

— Entrez !

En revoyant les trois policiers, il les regarda par-dessus les verres de ses lunettes, l'air surpris.

— Encore vous ! Je vais finir par vous installer un bureau à demeure, dit-il en souriant.

— Nous préférerions ne pas vous déranger, mais les circonstances…

— … Font que vous avez un nouveau rebondissement !

— Eh oui, mon père. Comme vous le savez, le décès de l'évêque Cristobal nous oblige à mener une nouvelle enquête. Mais nous pensons que les trois meurtres sont liés.

— Vous en êtes sûrs ?

— Quasiment. Mais nous ne pouvons rien vous dire pour l'instant. Il nous faut encore des preuves et des aveux. À ce propos, nous aimerions interroger Gaëtan Muller le séminariste qui dirige la chorale. D'après nos sources, il serait malade.

— Je ne suis pas au courant. Mais sa chambre se trouve à l'étage, au 102. Vous le trouverez sans doute là-bas, au fond de son lit, s'il est vraiment malade.

— Quel âge a votre séminariste ?

— Vingt-cinq ans je crois...

— Merci beaucoup. Nous y allons tout de suite.

Caroline se tourna vers ses collègues.

— Allez, on y va !

La petite équipe sortit rapidement du bureau pour monter au premier étage et trouver la chambre 102, espérant tomber sur ledit Gaëtan Muller. Arrivée devant la porte, Caroline frappa énergiquement, sans avoir de réponse.

— Il n'a pas l'air d'être là.

Lucas entreprit de frapper à son tour, un peu plus fort, en essayant d'entrer.

— Je vais descendre et demander la clé, proposa Marie.

— Oui, bonne idée.

Marie descendit rapidement et remonta avec la clé en main. Elle la mit dans la serrure, tourna un tour, un deuxième et ouvrit la porte doucement.

— Gaëtan ! Vous êtes là ? C'est la police !

Aucune réponse. Personne ! La chambre était complètement vide.

— Nous allons fouiller un peu, si déjà on est là !

Marie fixa Caroline droit dans les yeux.

— Oui, toujours sans mandat ! On n'est pas aux USA !

Les trois policiers se mirent en chasse d'indices. Ils avaient beau retourner toute la chambre, sortir les livres, rechercher d'éventuels médicaments, ils soulevèrent le tapis, le matelas et visitèrent tous les tiroirs de son bureau sans rien trouver de probant.

— Rien ! L'oiseau s'est envolé ! Il se doutait bien que les enfants allaient parler des attouchements, de la drogue et de sa promesse de les aider à trouver une solution. Nous allons lancer un avis de recherche sur ce monsieur. Il doit bien être quelque part ! Il se cache, c'est sûr !

— Un séminariste aussi jeune pourrait peut-être se cacher chez ses parents !

— Tu as de bonnes idées parfois, Lucas.

— Eh oui, dit-il en riant, j'ai parfois des fulgurances !

— Marie, tu demanderas l'adresse des parents de Gaëtan en allant rapporter la clé à notre ami et tu nous rejoins au commissariat.

— Ok, je te ramène ça.

43

Une fois au commissariat, Marie tendit son carnet à Caroline afin qu'elle puisse y lire l'adresse des parents qu'elle avait notée.

— La Wantzenau, ce n'est pas très loin ! Allez-y tous les deux, moi je vais faire des recherches sur internet pour essayer d'en savoir un peu plus sur notre suspect.

Les deux policiers esquissèrent un sourire et sortirent du bâtiment pour prendre la voiture et démarrer sur les chapeaux de roues.

Les parents de Gaëtan habitaient dans un petit pavillon avec vue sur les berges de l'Ill. Ils étaient surpris et inquiets de l'intrusion de la police chez eux, étant des gens calmes et sans histoires.

— Bonjour, brigadier Kostmann et major Munch, fit Lucas en exhibant leur carte de police. Nous sommes à la recherche d'un certain Gaëtan Muller, séminariste à la cathédrale Notre-Dame de Strasbourg : c'est bien votre fils ?

Ils acquiescèrent et proposèrent aux policiers d'entrer dans la maison.

— C'est notre fils, en effet, mais il n'est pas là ! dit la mère avec un regard inquiet.

— Pourquoi recherchez-vous notre fils ? demanda le père.

Pour ne pas les inquiéter, Lucas leur fit une réponse banale.

— Pour lui parler d'une affaire concernant l'Œuvre Notre-Dame. Rien de grave, la routine...

Le père était sceptique, la mère visiblement très troublée.

— Notre fils est un exemple pour beaucoup de gens de son âge, il n'est pas agressif et respecte tout le monde. Il a reçu une très bonne éducation.

— Nous n'en doutons pas, madame, mais nous aimerions simplement lui parler.

Madame Muller regarda son mari, puis s'adressa au policier.

— Il doit être chez Sabine, son amie.

— Merci de me donner l'adresse de cette personne, madame Muller.

L'adresse notée, Marie et Lucas quittèrent les lieux avec un sourire pour ne pas les inquiéter davantage.

— Merci beaucoup et désolés pour le dérangement !

44

Revenus assez rapidement de La Wantzenau, Marie et Lucas s'adressèrent à Caroline.

— L'oiseau n'était pas au nid. En fait, ses parents ne savent pas où il peut bien être. Ce n'est qu'au bout d'un moment que sa mère nous a avoué que son fils avait une copine, Sabine Reuter, habitant Strasbourg.

— S'il est chez elle, il se cachait sous notre nez, quoi ! Allons-y tout de suite ! Go !

La petite troupe se mit en marche vers la Grand'Rue en cherchant le numéro 20, l'adresse indiquée par sa mère. Le nom de Reuter figurait bien sur une sonnette, mais pas celui de Muller. Ils appuyèrent sur le bouton et entrèrent par la porte qui ne fermait pas complètement. Une fois dans la cour pavée, ils montèrent à l'étage par un escalier de bois. Caroline frappa à la porte marquée Reuter, et une jeune fille, grande brune et mince au visage rougi de larmes, lui ouvrit.

— Sabine Reuter ?

Elle acquiesça. Caroline lui présenta sa carte de police et Sabine s'écarta pour la laisser entrer. Un homme était assis sur une chaise dans la cuisine, qui tenait sa tête entre ses mains.

— Gaëtan Muller ?

Il fit oui de la tête.

— Gaëtan Muller, vous êtes soupçonné de trois meurtres avec préméditation. Il est 17 heures 23, et je vous signifie votre garde à vue à partir de maintenant. Vous pouvez faire appel à un médecin et à un avocat, je pense que vous en aurez besoin.

Gaëtan releva la tête et son visage était inondé de larmes. Il se tourna vers Sabine en pleurs, l'embrassa et sortit menotté de l'appartement sans un mot.

Au commissariat, il fut conduit dans une cellule jusqu'au lendemain.

45

Le lendemain matin, dans la salle d'interrogatoire du commissariat, Caroline et Marie se tenaient assises à une grande table devant Gaëtan Muller. Il n'arrivait pas à contenir ses larmes, même après une nuit passée en cellule. Elles le laissèrent parler entre deux spasmes, sans qu'elles aient eu besoin de lui poser la moindre question. Il connaissait les raisons de sa présence ici et décida d'assumer ses actes et de passer aux aveux.

— Nous vous écoutons, monsieur Muller.

Il avait des difficultés pour s'exprimer, mais se décida enfin à parler, entre deux convulsions.

— J'ai été fasciné par les aventures du Zodiaque dont j'avais vu le film, et je me suis passionné pour cet assassin en me plongeant dans les archives de l'époque sur internet. Il a sévi près de Los Angeles de la fin des années 1960 au début de 1970, et il n'a jamais été retrouvé. J'espérais suivre sa trace en m'inspirant de son code et faire en sorte que la police ne me retrouve jamais.

— Vous avez presque réussi, lui dit Caroline, ... jusqu'à aujourd'hui. Nous avons tout de même réussi à déchiffrer votre code, assez complexe, je dois le dire. Vous avez utilisé celui du Zodiaque et ajouté des codes personnels pour augmenter la difficulté à déchiffrer vos messages. Mais nous avons un expert qui a réussi à le décoder.

Le séminariste la regarda d'un air dépité. Malgré toutes les précautions prises, il s'était laissé prendre et se retrouvait dans la salle d'interrogatoire à avouer ses crimes. Il poursuivit ses aveux.

— J'avais discuté avec les enfants et plusieurs d'entre eux m'avaient avoué qu'ils étaient utilisés comme esclaves sexuels et également comme dealers pour la revente de cocaïne ; cela avec la complicité du sacristain Sorin Alexandru qui leur fournissait la marchandise, stockée chez le père Anselme, et qui récoltait les gains. Le trafic était organisé par le père Anselme et l'évêque Cristobal, le supérieur direct du père Anselme. Ils dirigeaient un véritable réseau avec tous les risques que cela comporte. J'ai voulu les empêcher de nuire pour protéger les enfants. C'était ma mission.

— Nous sommes au courant pour votre tentative avortée d'en informer l'archevêque, qui a complètement ignoré vos avertissements. Il sera condamné pour complicité et non-assistance à personne en danger.

— Pour Sorin, je l'ai d'abord menacé pour le faire avouer, dans une cathédrale déserte. Et il a rapidement tout déballé : comment il fournissait la drogue aux enfants, qu'il récoltait les enveloppes juste avant que je rejoigne les enfants pour les répétitions, en y laissant un ou deux billets comme paiement et en rajoutant des sachets de cocaïne pour de nouvelles livraisons. Il cachait la marchandise dans un endroit secret de la cathédrale, qu'il ne m'a pas révélé. Il m'a précisé que son stock était entièrement écoulé et qu'il attendait une nouvelle livraison incessamment. Il m'a surtout parlé des viols sur les choristes par le père Anselme et l'évêque Cristobal... Même s'il n'avait pas touché aux enfants, il était complice. Il devait payer.

Il respira profondément avant de poursuivre.

— Je l'ai poignardé une première fois près de l'horloge astronomique et il s'est écroulé dans une mare de sang. Le pensant mort, je suis allé me promener normalement dans la cathédrale presque vide, comme un visiteur, et je suis ressorti alors que la nuit commençait déjà à tomber. Entre chien et loup, j'ai tout de même pu apercevoir les taches de sang longeant la cathédrale. Je suis remonté jusqu'à la porte sud, pensant bien qu'il avait dû s'échapper par cette lourde porte. J'ai suivi la piste par la façade occidentale puis la façade nord et la rue des Frères ; puis jusqu'à la place du Marché-Gayot où il gisait à côté de la sculpture, le corps ensanglanté. Je ne comprenais pas comment il avait pu survivre à un coup porté au cœur. Il me suppliait de l'épargner d'un filet de voix difficilement audible.

— Vous aviez mal visé. La dague n'est pas passée loin, mais aucun organe vital n'avait été touché.

Gaëtan était dépité.

— Quelle est l'origine de cette dague ?

— C'est un héritage familial. La dague est passée de main en main pour se transmettre entre les différentes générations, sans que l'on connaisse sa véritable origine.

Après un court silence, Marie lui apporta un verre d'eau. Il reprit sa respiration et son récit.

— Comme il faisait déjà nuit, je me suis assuré de ne voir personne et je lui ai asséné d'autres coups de lame ainsi que le coup de grâce porté au cœur. J'ai vérifié qu'il était bien mort avant de l'enfermer dans un sac mortuaire que j'ai récupéré rapidement chez un ami croque-mort. J'ai déposé le premier message près de la sculpture, sachant très bien que vous alliez le trouver en suivant la piste des taches de sang. Après avoir vérifié qu'il n'y ait pas âme qui vive, je l'ai tiré par les poignées du sac malgré son poids et trainé jusqu'au quai au Sable par la rue du Chapon et la rue des Écrivains. Car je savais qu'il y avait là une pente pavée qui descendait sur la berge. Je l'ai transporté jusqu'au bord de l'Ill où j'ai ouvert le sac et l'ai fait glisser sans bruit dans l'eau noire.

À l'angle de la rue de la Râpe et de la rue des Écrivains se trouvait la demeure dite La Lanterne où était installé le comte Alessandro de Cagliostro, maitre des sciences occultes, qui produisait de nombreuses guérisons miraculeuses comme l'élixir de rajeunissement et aurait transformé le métal en or.

— Nous avons effectivement trouvé un endroit sur la berge où l'herbe était aplatie, sans nul doute par le poids du corps du sacristain.

Marie revint à la charge.

— Et pour le père Anselme, comment avez-vous procédé ?

— J'ai attendu que le dernier visiteur sorte de la cathédrale, qu'il donne un tour de clé pour en fermer l'accès principal, en me cachant dans un recoin pour attendre la nuit. Il se dirigeait vers le portail de la chapelle Saint-André, quand je l'ai rattrapé et me suis approché de lui, il était tellement surpris de me voir qu'il s'est complètement paralysé. Il m'a demandé ce que je faisais là, et me suis jeté sur lui en le faisant basculer au sol. J'ai mis mes mains autour de son cou et je l'ai étranglé légèrement une première fois pour lui faire avouer ses crimes. Sous la menace, il a rapidement reconnu les faits, la drogue et les viols, et a demandé pardon. Il criait : « Pitié, pitié ! J'étais obligé ! L'évêque Cristobal m'a menacé de m'envoyer dans une paroisse perdue au milieu de nulle part avant de me révoquer de l'Église si je parlais ». Je compris alors que c'était l'évêque Cristobal qui dirigeait ce réseau de trafiquants et de pédophiles. Le père Anselme, les yeux exorbités, me demandait d'épargner sa vie. J'ai serré son cou un peu plus fort jusqu'à ce qu'il perde connaissance. Pour l'avoir suivi auparavant, je savais qu'il avait toutes les clés de la cathédrale, dont celle de la chapelle Saint-Laurent. J'ai ouvert la grille et pris l'escabeau se trouvant dans un coin, pour décrocher l'encensoir. J'ai tiré le corps jusque-là et je lui ai mis autour du cou la corde apportée dans mon sac à dos, en serrant bien le nœud. Je l'ai attaché et hissé à un maillon de la chaine de l'encensoir, afin de le pendre. Ce fut difficile, car je ne pensais pas qu'il fût aussi lourd, le bougre. Une fois pendu, il gigotait encore un peu. Il faisait balancer la chaine comme un encensoir vivant. Je lui ai alors asséné dix coups de bâton sur les membres avant qu'il soit complètement inconscient, occasionnant dix fractures, une par enfant. Il a grimacé aux premiers coups, puis a perdu connaissance.

— Voilà le rapport ! Dix coups de dague, dix coups de bâton et dix flèches : un coup pour chaque enfant.

— C'est bien cela. Ils devaient payer pour tous les enfants qu'ils ont exploités honteusement.

Après un court silence, il reprit...

— Après quelques tressaillements, il se raidit enfin. Il a dû mourir à ce moment-là, je pense. Il était assez coriace, quand même. J'ai attendu plusieurs minutes, puis j'ai tiré sur les pieds pour être sûr qu'il soit bien décédé. Je l'ai ensuite décroché de la chaine et tiré pour placer son corps sur les escaliers de la croisée du transept, à la vue de tous. Je lui ai ensuite glissé le deuxième message dans la main. J'ai réussi difficilement à défaire les nœuds de la corde pour la glisser dans les espaces de la grille près de la porte sud, où les gens jettent des pièces comme un petit trésor. Là où vous l'avez retrouvée. Puis, j'ai pris son trousseau de clés pour sortir de la cathédrale sans bruit avec le bâton dans mon sac à dos.

Marie prit le sac de scellé contenant la corde et fit une remarque pertinente :

— La corde fait deux centimètres de diamètre et les espaces de la grille presque trois. Il lui a été facile de la faire descendre dans la cavité remplie de pièces de monnaie. Le manque de lumière dans cet endroit a fait que la scientifique ne l'a pas trouvée tout de suite.

— Ben oui, c'est pour éviter que l'on voie les pièces avec la tentation de se servir !

— Pourquoi n'avez-vous pas emporté la corde avec vous ?

— En cas de contrôle, je n'aurais pas pu justifier de sa présence dans mon sac. C'était aussi pour vous mettre sur la piste. Le bâton était juste un bout de bois, cela passait plus facilement. J'aurai pu m'en servir pour d'autres choses.

Caroline se tourna vers Marie avant de demander à Gaëtan :

— Et pour l'évêque, quelle méthode avez-vous utilisée ?

— Pour l'évêque Cristobal, j'ai attendu qu'il quitte son poste à la Fondation pour le suivre et le convaincre de venir sur la place du Château, au pas de tir à l'arc sous un prétexte fallacieux : je lui ai fait croire que j'avais caché une bouteille de vin blanc derrière la cible. Sachant bien qu'il ne pourrait pas résister à un verre de pinot gris, son cru préféré. J'ai pu facilement le persuader de me suivre jusqu'à l'endroit où était censée se trouver la bouteille ; quand il s'est baissé pour la chercher, je l'ai assommé des deux mains avant de le ligoter sur la cible. Il était surpris de me voir agir de la sorte et fit semblant de ne pas comprendre quand il revint à lui.

— Gaëtan, que faites-vous ? Vous êtes devenu fou ?

— Vous n'avez vraiment aucune idée, monseigneur ?

— Il doit s'agir d'une méprise. Vous faites erreur sur la personne, assurément. Et vous vous en prenez à un évêque, ne l'oubliez pas ! Cela peut vous couter très cher !

— Inutile de me menacer, vous êtes coupables, avec le sacristain Sorin Alexandru et le père Anselme d'avoir profité des enfants de chœur pour vous adonner à votre immonde trafic de drogue et de les avoir abusés sexuellement avec le père Anselme.

— Mais c'est entièrement faux ! Qui a pu vous faire croire cela ?

— Ce sont les enfants qui m'ont raconté vos gestes déplacés et votre commerce illégal qu'ils devaient continuer d'alimenter sous peine d'être renvoyés de la chorale.

— Vous n'avez aucune preuve ! Vous mentez, Gaëtan, vous êtes un menteur !

— Le sacristain et le père Anselme ont tout avoué avant de mourir, et vous feriez bien d'en faire autant pour vous laver de vos péchés avant de vous présenter devant votre créateur.

L'archevêque compris alors que c'était Gaëtan qui avait tué le sacristain et le curé.

— Vous me dites cela pour que je vous avoue un crime que je n'ai pas commis !

— Les enfants ne mentent pas. Plusieurs m'ont fait des aveux similaires avec des larmes dans les yeux. Les yeux disent vrai quand ils sont tristes.

— Vous commettez un péché ! C'est une faute très grave qui peut vous emmener en enfer !

— Trêve de balivernes, plus vous vous défendez, plus vous vous enfoncez. Pour moi, ce sont des aveux. Je dois protéger les enfants en vous éliminant de leur entourage. Dans un premier temps, je vais me poster à dix mètres, pour que les flèches vous blessent seulement et que la souffrance dure plus longtemps. Dix flèches, une par enfant. Pour la dernière, ce sera à cinq mètres, pour être sûr de ne pas viser à côté.

L'évêque continuait à crier son innocence. J'ai alors décidé de lui enfoncer un chiffon dans la bouche et le bâillonner pour que les cris ne soient perceptibles par quiconque. Il se débattait comme un beau diable, mais je l'avais solidement attaché afin qu'il ne puisse échapper à son châtiment. J'ai choisi un arc en bois d'if très solide et pris une dizaine de flèches dans un carquois pour me diriger au point de tir le plus éloigné. Quand j'ai bandé la corde de l'arc avec la première flèche vers l'évêque, celui-ci gesticulait et ses yeux transpiraient la peur. Cette première flèche fendit l'air tiède et le silence de la nuit pour atteindre un genou. Les hurlements de la victime furent étouffés par le bâillon et le vent violent. Au fur et à mesure qu'elles le touchaient dans un bras, une épaule, les flèches transperçaient son corps meurtri, le métamorphosant en une immense blessure sanguinolente. Je me suis approché à cinq mètres pour lui assener le coup de grâce.

— Voici la dernière, lui ai-je dit en exhibant l'ultime flèche. Je veux être certain de ne pas rater le cœur, en espérant que vous en ayez un.

Les yeux exorbités de l'évêque exprimaient un mélange de peur, de souffrances et de délivrance.

— Alors que je bandais mon arc, je lui dis un dernier mot : *adieu* !

J'ai tendu la corde au maximum, et décoché la flèche qui est venue s'enfoncer profondément dans le cœur. Plus un geste, plus un cri : il avait arrêté de souffrir.

— Justice est faite, me suis-je dit. J'ai vengé les enfants. J'ai ensuite enlevé la croix fixée sur le revers de sa veste car il n'était pas digne de la porter et j'ai enroulé le troisième message sur la flèche mortelle, avant de m'enfuir en courant vers les quais.

Nos trois policiers étaient subjugués par le calme avec lequel Gaëtan Muller avait fait ses aveux complets. Caroline lui posa une ultime question.

— Vous avez été abusé dans votre enfance ?

Gaëtan Muller fixa Caroline qui comprit tout de suite que c'était le cas. Il baissa la tête de honte et raconta son calvaire.

— J'ai subi des caresses de mon père qui profitait toujours de l'absence de ma mère pour venir dans ma chambre. Cela a commencé quand j'avais huit ans. C'était comme un jeu, un secret. Il ne fallait surtout pas en parler, me disait-il. Cela devait rester entre nous. Les caresses sont devenues des attouchements plus précis. Un jour, il a voulu me déshabiller et j'ai refusé. Il s'est mis en colère et m'a crié dessus. J'ai pris ma lampe de chevet et je lui ai balancé à la figure. Il saignait beaucoup. J'avais quatorze ans. Depuis ce jour, il ne m'a plus jamais touché. Il a expliqué à ma mère qu'il s'était cogné contre une porte et elle a avalé ce gros mensonge, ne soupçonnant pas un instant qu'il puisse m'avoir fait du mal.

— Vous n'avez pas porté plainte, ou déposé une main courante ?

— C'était mon père tout de même ! Qui aurait cru un gamin de quatorze ans à cette époque ?

Le silence fut la seule réponse à sa question. Les policiers connaissaient bien le problème. Caroline posa une dernière question.

— Pourquoi avez-vous laissé tous ces messages à notre intention ?

— Au début, je voulais jouer avec la police, comme le Zodiaque. Je voulais vous aider à trouver le mobile des crimes. Plus tard, dans un moment de lucidité, j'ai compris que vous alliez finir par comprendre et que je n'aurais pas la chance du Zodiaque. Je souhaitais que ça se termine au plus vite. Je n'en pouvais plus…

Caroline fit signe à un policier de l'emmener.

46

Avec le temps, sa relation avec Pierre devenait intermittente. Ils se voyaient quand leur travail le leur permettait. Elle souffrait de cette relation en pointillé, mais connaissait les aléas de la vie et des professions très prenantes. Un jour où elle passait sur la place Saint-Etienne, elle décida de saluer Pierre pour lui faire une surprise. En ouvrant la porte de son bureau, elle vit Laurence dans les bras de Pierre, unis par un long baiser langoureux. Surpris, il tenta évidemment de se justifier, mais elle comprit à ce moment-là que ses absences pour des réunions de chantier loin de la ville étaient en fait des moyens de retrouver sa maitresse. Sans dire un mot, elle sortit en claquant la porte, signant ainsi la fin de leur histoire. Arrivée chez elle, elle ruminait.

— Je suis très déçue. Jamais je n'aurais pu le croire capable d'une telle trahison. Je sais que chaque personne a une part d'ombre, mais il semblait tellement sincère... Après ce nouvel échec, je vais avoir encore plus de difficultés à faire confiance à un homme maintenant.

« Des regrets ? Non, pas vraiment. Ils ne servent à rien. Ils font grandir l'amertume en risquant de me faire plonger dans la mélancolie. Je ne dois pas me laisser aller. Ce n'est pas dans ma nature. Solène compte sur moi pour l'aider à grandir en lui donnant le gout des belles choses de la vie. Je ne lui avais jamais parlé de Pierre et avec le recul, je pense avoir bien fait. Ma fille apprécie comme moi les grandes balades dans la nature à écouter la musique du vent dans les feuilles, à apercevoir un lapin, un renard ou un chevreuil, même si elle préfère les écureuils. En hiver, construire un bonhomme de neige et la voir planter avec malice une carotte dans la tête en guise de nez. Fabriquer des châteaux de sable pour avoir le plaisir de les piétiner avant d'en faire de plus beaux encore. Passer des soirées scotchées sur le canapé, noyées dans les coussins à regarder un film, où lui raconter des histoires et en rajouter pour entendre son rire d'enfant qui me met en joie. Voir ses yeux briller quand elle ouvre ses cadeaux d'anniversaire ou à Noël me procure un bonheur immense. Quitte à finir ma vie seule avec elle et souffrir de son absence après une rencontre qui la rendra heureuse loin de moi. »

47

Dans leur bureau du commissariat, les trois policiers commençaient à enlever les photos et les éléments de l'enquête du tableau d'investigation avec un plaisir non dissimulé. Le tout était rangé méticuleusement dans un carton qui finirait aux archives. Les enquêteurs étaient heureux et fiers d'avoir pu résoudre cette affaire sordide.

— Nous avons malgré tout fini par mettre la main sur cet assassin qui a tout de même éliminé trois personnes.

— Des personnes nuisibles, disons-le ! Des trafiquants de drogue et des pédophiles qui heureusement ne séviront plus.

— Oui trois individus mis hors d'état de nuire. L'assassin nous a rendu un bien fier service, en quelque sorte, ils faisaient honte à leur sacerdoce.

— Oui, et il a réussi à protéger une dizaine d'enfants des griffes de ces pervers.

— On devrait lui décerner une médaille, non ?

— Il a assassiné trois personnes avec préméditation, ne l'oublions pas.

— C'est vrai. Mais l'archevêque ne le soutenant pas, il a décidé d'agir seul au lieu de venir nous voir. On aurait alors pu éviter ce bain de sang.

Lucas, qui ne se laissait jamais abattre, proposa d'aller fêter ça en buvant un pot !

— Voilà une idée qu'elle est bonne, dit Caroline avec un grand sourire.

Ils sortirent du commissariat pour se diriger vers le *Café Montmartre* non loin de là, où ils avaient leurs habitudes à la petite terrasse sous les arcades.

— J'ai aussi un petit creux, dit Lucas.

— Pourquoi cela ne m'étonne pas ?

— On va commander un petit quelque chose pour t'accompagner. On ne peut pas se contenter de te regarder manger, dit Marie avec un grand sourire.

Une fois la commande posée sur la table, les trois policiers se racontèrent des enquêtes, qui elles aussi, paraissaient insolubles, mais qu'ils avaient finalement réussi à résoudre. Caroline commença.

— Je me souviens de l'affaire Kieffer. Ce gynécologue qui avait des relations sexuelles avec plusieurs de ses patientes, mais pas toujours consentantes... Pour les convaincre, il expliquait que cela faisait partie de la thérapie. Comment peut-on gober cela ?

— Ah oui, fit Lucas, je me souviens.

Il se tourna vers Marie.

— C'était avant ton arrivée. On avait eu beaucoup de difficultés à le coincer, les victimes n'osant pas porter plainte. Et faute de preuves...

— C'est toujours le même problème, ajouta Marie. Personne n'ose porter plainte et cela protège en fait le violeur.

— Mais on y est arrivé quand même, grâce à deux personnes qui ont accepté de parler, ce qui a décidé les autres à réagir.

— Oui, le machisme a encore de beaux jours devant lui. Il faudra sans doute plusieurs générations pour que la parole se libère complètement, que les victimes soient bien protégées et ces salauds mis hors d'état de nuire pour de longues années.

Lucas poursuivit.

— L'affaire Pouchka aussi était assez corsée. Presque autant que l'actuelle.

— C'était quoi ? demanda Marie.

— C'était pour Soledad, une prostituée brésilienne qui voulait quitter le trottoir. Nous avions eu ses renseignements par un indic qui trainait souvent dans le quartier. On lui a proposé de l'aider, mais elle refusait de balancer son protecteur. Au bout de plusieurs mois à essayer de la convaincre, avec promesse de protection, elle a fini par nous balancer un nom : Rudy. Nous avons planqué près de son périmètre de bitume jusqu'à ce que ledit Rudy se pointe un soir pour relever les compteurs. C'était un mac à l'ancienne, costume et cravate, chapeau et chaussures bicolores, et une certaine dégaine malgré son âge avancé. Nous avions bouclé le quartier et attendu qu'il s'éloigne pour l'épingler quelques rues plus loin, le temps qu'une de nos voitures embarque Soledad pour la mettre en sécurité. Ledit Rudy fit l'innocent et ne comprenait pas pourquoi on l'arrêtait, ni ce qu'il faisait dans nos locaux un peu plus tard. Après plusieurs heures d'interrogatoire, il a fini par craquer. Il nous a avoué qu'il avait plusieurs gagneuses qui travaillaient pour lui.

— Que vont-elles devenir si je ne suis pas là pour les protéger ? s'indignait-il.

— Des femmes libres, avions-nous répondu.

Son visage dépité nous fit comprendre qu'il n'avait plus la force de se battre.

— Quand on lui a dit : Monsieur Pouchka, vous êtes en état d'arrestation pour proxénétisme et je vous signifie votre mise sous écrou à dater de ce jour. Il fit mine d'accepter son sort.

— Quand il a quitté la salle d'interrogatoire, j'avais l'impression qu'il était soulagé que tout s'arrête.

— Et pour Soledad ? demanda Marie.

— Aux dernières nouvelles elle a arrêté le tapin et travaille comme secrétaire dans une institution religieuse.

— Comme quoi...

Après un moment de silence...

— On forme tout de même une sacrée équipe.

Caroline leva son verre pour trinquer et ils s'exclamèrent en chœur :

— À la sacrée équipe ! En souriant.

48

Le lendemain, Caroline affronta une nouvelle fois ses démons en tentant de sortir de la Grande Île. C'était sa croisade personnelle. Elle avait très envie de rendre visite à ses parents et à Solène qui passait quelques jours chez eux.

« Je vais y arriver. Je dois y arriver. Cette situation ridicule n'a que trop duré. Un peu de courage devrait suffire. C'est toujours le premier pas qui coute. Les autres suivront. Enfin, je crois. Je vais déjà me rendre sur le pont Saint-Thomas pour tester. Tout le monde y arrive. Donc, je devrais y arriver aussi. Je ne suis pas plus bête qu'une autre. Si ? Je lève la jambe gauche et pose le pied sur le pont. Le talon d'abord et la pointe ensuite. Le premier pas est bon. Les autres vont-ils suivre aussi facilement que je le pense ? Allez, courage ma fille ! Tu vas y arriver. Ce n'est pas sûr. Mais si. Essaie encore. Un deuxième pas avec le pied droit. Le pont est là. Son tablier soutient mes pas. Tout mon corps suit. Après plusieurs pas, j'arrive jusqu'au milieu. Là, problème.

Petite crise de panique. J'écarte les bras. Pourquoi, je n'en sais rien. Rétablir mon équilibre ? Premier envol de l'oisillon ? Non. Point de non-retour. Je me pose des tas de questions. Quelques pas de plus. Suivis par d'autres encore. Je mets la main dans mon dos. Je me pousse. J'avance. J'hésite et je finis par y arriver. J'ai traversé le pont. Et fait le retour plus calmement. Cela devrait aussi fonctionner pour les autres. Je pense. J'espère. »

49

Caroline réussit l'aller-retour sur le pont. Elle se dirigea vers son appartement et monta les escaliers en courant. Elle chercha sa valise et téléphona à son père pour lui annoncer qu'elle avait réussi à vaincre sa peur et réussi à traverser un pont à pied.

— Je vais mettre le champagne au frais !

Elle pensa que cela devrait être encore plus facile en voiture. Jean Kocher exprima sa fierté et son soulagement tout en l'invitant à les rejoindre au plus vite à la campagne pour le week-end. Ce qu'elle accepta avec joie. Elle fit promettre à son père de ne rien dire à sa mère ni à Solène, pour leur faire la surprise. Après la dernière réparation, un petit bruit dans le moteur et une grosse facture, elle avait laissé sa vieille R5 rouge dans un garage du quartier. Même si la voiture de Caroline n'était plus de la première jeunesse, elle démarra au quart de tour, ce qui lui fit venir un sourire de fierté. Après avoir chargé le coffre de surprises pour toute la famille, elle se mit au volant. Elle traversa le pont comme une fleur au volant de son petit bolide pour sortir de la ville et arriva à la campagne rapidement.

Quand elle sonna à la porte de la maison de ses parents, son père était venu lui ouvrir, sachant très bien qui carillonnait. Il ne put s'empêcher de plaisanter pour que la surprise soit complète.

— Oui ! dit-il en la faisant entrer dans la maison.
— C'est qui, Jean ? demanda Sophie.
— C'est une jolie dame qui demande à vous voir !

Solène et Sophie se levèrent pour connaitre cette mystérieuse inconnue. Quand elles virent Caroline, ce fut une explosion de joie avec des embrassades à n'en plus finir.

— Tu es venue à la campagne, maman, c'est super !
— Cela me fait extrêmement plaisir de te revoir ici, ma fille.
— Moi aussi, maman. Tu vois, j'y suis arrivée !

Toute la famille était en joie, car enfin au complet. Et la suite s'annonçait sous les meilleurs auspices.

50

Si Caroline se sentait plus à l'aise en ville, elle se rendait à nouveau à la campagne le week-end avec plaisir. Elle aimait tant cette ambiance familiale autour d'une table bien garnie. Elle appréciait particulièrement les histoires que racontait souvent son père aux diners de famille. Surtout les récits de sa mère, à l'époque de l'Occupation.

— « Les Alsaciens étaient rapatriés en Dordogne en 1940 avec beaucoup d'autres familles. Le 2 septembre 1939, plus de cinq cents communes étaient évacuées de l'est de la France. Les habitants quittèrent immédiatement leur maison avec les 30 kg de bagages autorisés et quelques vivres pour fuir l'Alsace dans les larmes. Les trains au départ de Strasbourg, où étaient accrochés des wagons de marchandises avec le sol couvert de paille, partaient pour un voyage de quelques jours ou plusieurs semaines parfois. Sa mère, une autre Marguerite, tenait Émile et Marguerite, ses deux plus jeunes enfants, dans ses bras, pour qu'ils ne dorment pas à terre. Certaines personnes n'arrivaient pas jusqu'au bout du voyage. Les gens nés dans l'Alsace allemande d'avant

1918 ne parlaient pas un mot de Français, mais uniquement l'alsacien entre eux, que personne d'autre en France ne comprenait. Ils étaient surnommés les ya-ya.

Toute la famille avec parents, grands-parents et enfants, s'était retrouvée en Dordogne, avec d'autres familles. Sauf son père, qui aveugle d'un œil, ne savait pas s'il allait être incorporé, malgré « la drôle de guerre », appelée ainsi parce qu'il ne se passait rien d'autre qu'une interminable attente de l'ennemi. Son infirmité de naissance fit qu'il fut réformé. Il se dépêcha alors de rejoindre le reste de la famille en Dordogne où il resta jusqu'au retour en Alsace. Ma sœur Suzanne et son ami Marcel n'étaient pas du voyage. Nous les avons cherchés en vain au moment du départ et nous ne les avons jamais revus. Ce n'est qu'après la guerre que nous avons appris qu'ils faisaient partie d'un réseau de résistance. Tombés dans un piège tendu par la Gestapo suite à une dénonciation, ils ont été faits prisonniers et torturés pendant plusieurs jours sans jamais livrer aucun nom des résistants de leur réseau. Après plusieurs jours de sévices, ils furent fusillés en avril 1942.

La famille était logée dans le château de Puymangou, qui date du XVIIe siècle, le point culminant de la commune de Saint-Aulaye, près de la vallée de la Dronne, au bord de la forêt de la Double. Ce château possède deux pavillons, de chaque côté de la façade principale, où se trouvait le jardin dans lequel ses parents cultivaient nombre de légumes avec une majorité de pommes de terre. Les deux tours défensives étaient percées de bouches à feu. Certaines femmes, dont ma grand-mère, commencèrent à frotter le sol à l'eau de javel à leur arrivée, tant il y avait de crasse. Ce qui ne manqua pas d'étonner la maire du village quand elle vint leur rendre visite pour constater que tout allait bien.

Marguerite était alors âgée de dix ans. Seule ou avec sa copine Simone, une petite fille de son âge habitant dans le village, elle adorait marcher les trois kilomètres qui la séparaient de la ferme Beauregard, pour chercher le lait frais tout chaud dans son pot-au-lait en fer-blanc. Son jeune frère Émile, mon oncle, évitant toujours les corvées, préférait faire les quatre cents coups, comme par exemple monter sur la table de la cuisine pour couper les ficelles des saucissons suspendus au-dessus de la cheminée qui servait de fumoir. Son tempérament espiègle était sans doute dû au fait que sa mère, enceinte, était tombée dans l'eau du lavoir en faisant la lessive. À la période de Pâques, Marguerite trouvait dans les derniers mètres du retour de la ferme, des bonbons que Léon, son frère ainé, avait accrochés aux branches des haies et des arbres, le long du chemin de retour de la ferme. Avant la guerre, il travaillait sur les péniches sur le Rhin comme cuisinier et avait l'habitude de ramener des bonbons pour tout le monde. La jeune Marguerite faisait surtout office de traductrice, car la plupart des Alsaciens ne parlaient pas un mot de français à cette époque-là. Cela lui permettait d'aller faire des courses à Chenaud ou à Saint-Aulaye avec ses parents et elle restait toujours près d'eux si besoin. Avec son père et son petit frère, elle attendait impatiemment le premier coup de sifflet du train annonçant son passage. Il leur laissait le temps de prendre le chemin longeant le cimetière, pour se rendre à la gare. Ils aimaient aller apercevoir le train, tiré par une locomotive fumante et poussive qui dégageait un panache de fumée épaisse dans un fracas épouvantable. Il est vrai que la voie ferrée était en pente ascendante à cet endroit-là et qu'il avait besoin de toute sa puissance.

Son grand frère Léon, reparti au front après un mois de permission, fut tué quelques semaines plus tard par un éclat d'obus qui avait perforé sa musette remplie de grenades. Il n'avait pas eu le temps de plonger assez vite au sol pour s'abriter des projectiles et fut en partie déchiqueté par l'explosion. Il s'est retrouvé entouré de corps encore chauds qui ne sentaient plus la pluie tombant sur eux. La nouvelle, quelque temps plus tard, fut un moment très difficile pour toute la famille. Les larmes coulaient à flots, et les yeux rougis et les sanglots subsistèrent encore longtemps après l'horrible nouvelle. Charles, son père, noyait son chagrin dans le travail qu'il effectuait à la ferme voisine. En Alsace, il était tapissier-matelassier. Il fabriquait des matelas toute la semaine en entreprise et souvent le week-end à la maison. Beaucoup de gens venaient le voir pour lui demander de raccommoder leur matelas. Il prenait du gros fil et une grande aiguille et se mettait au travail, pour mettre un peu de beurre dans les épinards. La mère de Léon, l'autre Marguerite, avait couru dans tous les bureaux pour savoir où était enterré son grand fils et pouvoir le rapatrier en Alsace. Elle réussit finalement à retrouver l'endroit de l'inhumation après de longues recherches. Il fut transféré et enterré provisoirement au cimetière de Puymangou en attendant de pouvoir le ramener sur leurs terres. Après une année en Dordogne, les réfugiés alsaciens sont repartis en septembre 1940 rejoindre leurs maisons, enfin, celles qui n'étaient pas bombardées. Les jeunes hommes furent enrôlés de force dans l'armée allemande pour devenir des « Malgré-nous » et les femmes des « Malgré-elles ». Les habitants de Dordogne avaient promis de s'occuper de la tombe de Léon, mais au retour des parents après la guerre, ils durent se rendre compte que rien n'avait été fait et que la mauvaise herbe leur arrivait sous les bras. Il fut inhumé quatre ans plus tard en Alsace, au cours d'une cérémonie accompagnée par les chœurs de l'armée et escorté par des policiers en uniforme de cérémonie. Il repose aujourd'hui avec ses parents et son petit frère Émile dans le cimetière Nord de Strasbourg situé à la Robertsau. »

Quand Jean sortait l'album de famille, il nous montrait souvent, le doigt sur les photos noir et blanc aux bords déchiquetés, les groupes de danseuses qui posaient fièrement devant l'objectif. Marguerite se tenait à côté de ses amies, gracile et fière de porter son tutu blanc. Elle avait pratiqué la danse classique pendant son adolescence, vers seize ans, ce dont il était particulièrement fier. Il ne se privait pas de nous le rappeler à chaque fois qu'il parlait d'elle.

51

Le soir venu, après les agapes, les histoires et le bon vin, Caroline retrouvait avec plaisir sa chambre, restée dans son jus. Solène avait bien sûr sa propre chambre, toute tapissée de grosses fleurs des champs. C'était pour contempler des fleurs quand le temps était maussade, avec l'impossibilité de mettre le nez dehors, disait-elle. Elle y avait accroché des photos et des dessins d'animaux de la forêt, des arbres, des champignons et des fleurs colorées, afin d'avoir les quatre saisons en permanence dans sa chambre. Cette tapisserie fleurie se mariait parfaitement avec les meubles anciens chinés et retapés par ses grands-parents. Elle était attenante à celle de Caroline, ce qui lui permettait de passer la porte les nuits d'orage pour se lover dans les bras rassurants de sa mère. La chambre de Caroline était restée telle qu'elle l'avait quittée lors de son dernier passage. Des murs bleus pour symboliser la rêveuse qu'elle était, et toujours restée telle aujourd'hui. Plutôt sobrement meublée de quelques bibelots et mobiliers anciens récupérés aux alentours. Elle s'y était toujours sentie heureuse, entourée du calme de la campagne avec la musique des oiseaux. Dans la grande salle de séjour, il y avait toujours une buche qui flambait dans la cheminée, même en été, Sophie étant une grande frileuse.